Mis últimas palabras

Mis últimas palabras

SANTIAGO H. AMIGORENA

Traducción de
Lydia Vázquez

LITERATURA RANDOM HOUSE

Penguin
Random House
Grupo Editorial

Título original: *Mes derniers mots*

Primera edición: marzo de 2022

© 2015, P.O.L. Éditeur
© 2022, Penguin Random House Grupo Editorial, S. A. U.
Travessera de Gràcia, 47-49. 08021 Barcelona
© 2022, Lydia Vázquez, por la traducción

Printed in Spain – Impreso en España

ISBN: 978-84-397-3986-9
Depósito legal: B-871-2022

Compuesto en La Nueva Edimac, S. L.
Impreso en Limpergraf (Barberà del Vallès, Barcelona)

RH39869

Solo somos apocalípticos para poder equivocarnos. Para poder gozar cada día nuevamente de la suerte de estar aquí, ridículos, pero siempre de pie.

GÜNTHER ANDERS

Ahora bien, el horizonte retrocede, y el mundo, que parecía acabado, vuelve a empezar.

MARCEL PROUST

I

William Shakespeare ha muerto hoy.
La humanidad ha vivido.
Ahora me he quedado solo.

II

William Shakespeare ha muerto hoy.
Tenía ciento veinticuatro años.
Nunca nadie sabrá por qué ha sobrevivido hasta esa edad.
Nadie sabría explicarlo: ni su cuerpo, debilitado por los
años; ni su mente, aún lúcida pero desde hace tiempo resig-
nada ya.

Los otros, esos con quienes hemos compartido nuestras
noches y nuestras comidas, no eran como él: los otros tenían
miedo.

Los vimos morir poco a poco: unas decenas por semana
los primeros meses, unas decenas al mes los meses siguientes,
y al final uno a uno, *día tras día*.

Los vimos morir sin sorpresa.
Los vimos morir sin inquietud ni compasión.
Los vimos irse, cuerpos abandonados por la vida para en-
trar en la sombra fría, con el más claro de todos los senti-
mientos: la comprensión.

Los otros tenían miedo, y muchos estaban locos: la locura de los unos residía en no saber si lo que habían vivido era cierto; la de los otros era una locura peligrosa que, más de una vez, los empujó a matar solo por encontrarse en mi lugar, solo por ser el último.

Los otros tenían miedo y muchos estaban locos; y solo el miedo y la locura los mantenían vivos.

III

Estamos a 14 de junio de 2086. No: *estoy* a 14 de junio de 2086. William Shakespeare ha muerto hoy. Tenía ciento veinticuatro años.
Éramos dos. Y se ha ido.

La humanidad ha vivido.

Y es que yo, que soy el último, no puedo, nadie podrá nunca afirmar con certeza si su final fue cosa del Gran Terremoto, de la segunda Crisis Alimentaria, del Gran Deshielo, de las Grandes Inundaciones que vinieron después, de la Crisis Ontológica de los años cincuenta, de la Agresión Mediática que la precedió, del fracaso de la Polinización Universal Obligatoria, de esas primeras migraciones procedentes de Asia que tuvieron lugar mucho antes, de la deleción de la espermatogénesis, del Virus que se propagó después (o quizá al mismo tiempo) de esa guerra desencadenada a consecuencia del atentado o de los atentados que vinieron después de esa otra guerra que, a su vez, no era más que el resultado de las numerosas guerras y de los numerosos atentados que, a partir de un incierto momento de la historia de la humanidad, no empezaron nunca en un instante preciso y no se detuvieron nunca en un instante preciso.
Nadie podrá.

Nadie sabrá por qué ni cómo, tras millones de generaciones que, desde el primer *Homo sapiens*, poblaron y luego superpoblaron la superficie de la Tierra, nos ha tocado ser la última: la del despoblamiento.

IV

William Shakespeare ha muerto hoy.
William Shakespeare no tenía miedo.
William Shakespeare no estaba loco.

V

William Shakespeare ha muerto hoy.
Se acabaron las palabras, las risas. Ya no sentiré su mano apoyada en mi hombro. Su voz, sus ojos, su aliento ya no alcanzarán mi piel, mis oídos, mis ojos.

Ayer, por última vez, me desperté junto a otro ser humano.
Ayer, por última vez, hablé, miré a un hombre a los ojos.
Su conversación, su inteligencia, su olor acre, sus gestos lentos, los olvidaré si la muerte me deja tiempo.

No volver a hablar nunca no me da miedo.
No volver a ver nunca a un ser humano haciendo el menor movimiento no me da miedo.
No volver a tocar una piel tibia, viva, bajo la que mis dedos sigan sintiendo la sangre que circula por las venas no me da miedo.

Desde hace meses, como otros, como Alba, como Sierra, como Iorgos, he pensado en esa posibilidad.

Pero voy a echar de menos su mirada.

No volver a fijar los ojos en los ojos abiertos de otro hombre, en unos ojos que sean ojos no porque los miro sino simplemente porque me ven, eso, sean cuales sean las sorpresas que me reserve lo poco que me queda de vida, eso me resultará doloroso.

VI

Sí, lo que decían sus ojos y que yo no comprendía nunca del todo permanecerá como un recuerdo doloroso de William Shakespeare, el penúltimo hombre de la historia de la humanidad.

No voy a echar de menos lo que sé: lo que me dijo y entendí.

No voy a echar de menos lo que me enseñó; no voy a echar de menos lo que aún tenía que enseñarme.

No voy a echar de menos que me considerara como a un hijo: que me amara como si el amor tuviera aún algún sentido.

Lo que voy a echar de menos es lo que no me decía: esas palabras que no franqueaban el cercado de sus dientes pero que se articulaban casi en su mirada dulce, a la vez frágil e insondable.

Lo que voy a echar de menos es lo que había en él, lo que me mostraba sin dármelo: lo que le era propio y que, a mí, fuera cual fuese nuestra amistad, me resultaba profundamente extraño.

Lo que voy a echar de menos es lo que traicionaban sus

ojos y callaban sus labios, pues esas no eran cosas que pudieran compartirse a través de las palabras.

VII

Desde hace tres días, sentía la muerte rodando de nuevo alrededor de nosotros, y sabía que no había venido por mí, sino por él.

Iorgos había muerto doce días antes.

Desde que solo quedábamos los dos, comíamos en silencio: ninguna palabra parecía convenir a nuestra desolación. Solo a veces, por la noche, alrededor de la lumbre, intercambiábamos algunas frases. Solo a veces, por la noche, William me pedía que le leyera unas páginas: sus ojos estaban cansados.

Me tendía el libro, y yo leía:
«El hombre es un dios cuando sueña y un mendigo cuando reflexiona».

Yo sabía que se conocía el libro de memoria. Llegó a Atenas mucho después que yo, llevando únicamente en la mano dos cuadernos muy gruesos y ese viejo libro sin tapas.

Lo escuché leyéndolo en voz alta a la luz del día.

Lo escuché, en plena noche, confiándoselo a la luna en un murmullo desconfiado.

Lo escuché recitándoselo a sí mismo entre dientes, con rabia, como si buscara incansablemente el sentido de las palabras escritas en esas páginas.

Fue Iorgos quien le puso el nombre.

«William Shakespeare» podía parecer un apodo ridículo, burlón, pero él no se quejó. No se quejaba nunca.

Cuando llegó, todavía éramos varios centenares. Él venía del Norte. Como cada uno de nosotros, al llegar, había entendido que su historia, tan desesperada, era igual que las nuestras. Algunos, a pesar de esa comprensión, no podían contenerse y lloraban constantemente a sus muertos en medio de nuestros muertos. Era la lacerante música de los últimos meses de la humanidad.

Muchos lloraban. Él no. De su historia personal, al llegar, no había contado nada.

Solo tras la muerte de Iorgos, cuando solo quedábamos dos, me confió, a mí nada más, unas palabras acerca de su pasado.

William Shakespeare había vivido varias vidas. Me dijo que nació en América, me dijo que vivió en París. Me dijo que, en una de esas vidas, escribió mucho.

Me dijo que su última vida transcurrió en Ámsterdam: allí amó por última vez, allí nacieron sus tres últimos hijos.

Cuando el Norte acabó de fundirse, William Shakespeare vio cómo desaparecía su última ciudad bajo las Grandes Inundaciones. Y se fue.

Con su mujer y sus hijos cruzó toda Alemania y logró llegar a Suiza. Su mujer murió en Ginebra: el Estado helvético había prohibido a los residentes extranjeros beber más de un litro de agua a la semana y, como muchos otros, ella sucumbió.

William prosiguió su camino con sus tres hijos. Como la mayoría de los niños nórdicos, su piel, enferma, se caía a jirones. Ya entonces estaba prohibido transportar a niños enfermos. Durante bastante tiempo, consiguió ocultar su enfermedad: los maquillaba, los adornaba como si fueran muñecas y les pedía que hicieran un esfuerzo y sonrieran a los transeúntes.

Caminaron mucho tiempo. William Shakespeare no sabía adónde ir, pero sabía, según decía, que tenía que caminar, caminar, sin detenerse jamás.

Atravesó con sus hijos las grandes montañas. Recorrió con sus hijos las rutas desiertas. Cruzó con sus hijos los bosques ácidos. Avanzó con sus hijos campo a través: por esos campos que no tienen fin, que no tienen un final.

Las pocas personas con las que se tropezaba se acercaban a mirar a los niños como si fueran seres fantásticos: los niños ya escaseaban en esa época.

Los arrastraba con él, en su carreta, y les leía su libro.

—«¿Seremos otra vez felices, seremos otra vez como esos viejos sacerdotes de la Naturaleza, esos hombres santos y alegres que fueron piadosos antes de que se alzara templo alguno?».

Cuando su enfermedad se hizo demasiado visible, consiguió proseguir su camino escondiéndolos, sin abandonarlos hasta que su muerte le pareció inminente: ineluctable.

William Shakespeare era ya muy viejo. Fue uno de los últimos hombres en tener hijos: desde hacía largos años, los espermatozoides habían desaparecido de las secreciones viriles y solo los más ancianos tenían aún la posibilidad de engendrar.

William Shakespeare era muy viejo. Sus hijos tenían nueve, siete y cuatro años. Cuando los abandonó, según me dijo, ya eran incapaces de hablar, de comer, de beber.

William Shakespeare se acordaba de sus nombres.
William Shakespeare se acordaba de sus rostros.
William Shakespeare se acordaba de sus risas.

William Shakespeare no se arrepentía, como la mayoría de los hombres, de haber tenido hijos. Se imaginaba, antes de hacerlos, que sus hijos morirían antes que él: que morirían antes de llegar a adultos.

No se arrepentía de que hubieran vivido su corta vida de niños.

No se arrepentía de haberlos amado.

No se arrepentía de su enfermedad.

Solo se arrepentía de una cosa: sentía no haber tenido, en el momento de abandonarlos, valor para matarlos.

VIII

Escuché su historia. Había oído tantas. La suya no era tan terrible: vivió varias vidas, y en esas vidas anteriores fue feliz.

Iorgos, por ejemplo, el antepenúltimo, solo había vivido una vida.

Nació en Creta y, con su mujer y sus hijos, formaba parte de esos escasos centenares que no pudieron huir de la isla cuando se secaron las fuentes.

La mujer de Iorgos se suicidó en aquel momento. De ella, Iorgos había tenido siete hijos: cinco murieron a los pocos meses de nacer. De los dos que sobrevivieron, a uno lo mataron en los combates que estallaron cuando el agua desapareció de la isla.

Iorgos había conseguido huir en una barca con el más pequeño: tenía tres años. Había remado una semana entera, con su hijo sediento junto a él, suplicando al cielo que les enviara unas gotas de lluvia.

Cuando, sin fuerzas ya, había perdido el conocimiento, su deseo se vio cumplido: se despertó al sentir unas gotas sobre la cara.

Loco de alegría, se volvió hacia su último hijo… para ver que estaba muerto.

Todavía, cada noche, según me había contado, soñaba con su cuerpecito inerte que tuvo estrechado entre sus brazos durante horas, llorando y gritando solo en medio del mar.

Al día siguiente, llovió todo el día. Hacía tres años que no ocurría algo así.

—El cielo —decía Iorgos—, el cielo que me quitó a mi último hijo, el cielo no quiso que muriera, solo que sufriera.

Iorgos remó durante una semana más. Después, una noche, su minúscula barca chocó con un ferry. Logró subir al barco. Estaba lleno de cadáveres. Era uno de esos navíos que habían transformado en hospitales ambulantes a finales de los años cincuenta, y que, sin derecho a atracar en ningún puerto, iban a la deriva, superpoblados por los que habían cogido el Virus. Algunos cuerpos, momificados, tenían señales de mordeduras: sin alimentos, y sin fuerza para moverse, los hombres habían devorado sus propias carnes.

Iorgos se quedó mucho tiempo en el barco, rezando para que el aire infectado o la sed o el hambre le concedieran al fin la muerte que esperaba. Pero el Virus no quiso saber de él y el hambre no había bastado, y la lluvia que no paraba penetraba en su cuerpo a pesar de sus labios cerrados.

Entonces Iorgos volvió a subirse a su barca y se dejó arrastrar, hambriento, inconsciente, a merced de las corrientes.

Fueron las corrientes, y no la fuerza de sus brazos, las que lo condujeron hasta el Pireo.

IX

Cuando el mundo empezó a despoblarse, cada uno intentó encontrar la verdadera razón: la única. Se convirtió en la principal actividad humana. Hacía mucho tiempo que el hombre, a fuerza de especializarse, lo sabía ya todo… sobre nada. Cada uno forjaba, pues, su propia teoría, no en función de una supuesta utilidad para evitar el fin anunciado, sino con la única finalidad de convencer a los demás.

Como si a menudo, en la historia de la humanidad, importara más a cada uno probar que tenía razón que invertir el curso de los acontecimientos.

Sabiendo que tal tipo de abejas desaparecía tal día y que ese tipo de abejas garantizaba la polinización de tal categoría de plantas que aseguraban la supervivencia de tantas otras especies animales y vegetales que representaban tal porcentaje de la alimentación humana general, ¿había que prohibir el tráfico aéreo entre las ocho de la tarde y las cinco de la mañana o entre las nueve de la mañana y las seis de la tarde?

Sabiendo que tal día dos tipos de bacterias formarían un biofilm particularmente dotado para provocar caries, y que, por tanto, la especie humana entera corría el riesgo de dejar de tener dientes, ¿había que lanzar inmediatamente, para paliarlo, el programa de fabricación masiva de dentaduras postizas estándar para todas las edades, lo que exigía una autorización para aumentar las emisiones de CO^2 en un 4,7 por ciento durante cinco años, o bien esperar unos meses más?

Y conociendo la proximidad inminente de la desaparición total de las capas freáticas de las regiones sur y este del Mediterráneo, con el fin de preservar un posible consumo mínimo de agua potable para los últimos supervivientes de África, ¿era realmente preciso imponer a los hombres de Europa occidental que lavaran sus vehículos una sola vez por trimestre o se les podía autorizar a que siguieran haciéndolo una vez al mes?

Tan solo unos decenios antes de desaparecer, los seres humanos, para vendarse los ojos, se perdían en polémicas lamentables.

X

A veces, William Shakespeare cogía el libro y me decía:
—Escucha, Belarmino... Escucha...
Y me leía:
—«"Aquí abajo no hay nada perfecto", es la vieja canción de los hombres. ¡Que no haya nadie capaz de decir a estos seres abandonados por los dioses que si todo es tan imperfecto entre ellos es porque sus toscas manos manchan cuanto es puro y profanan todo lo sagrado; que entre ellos no prospera nada porque no se preocupan de la divina Naturaleza, que es la raíz de la prosperidad; que la vida entre ellos es realmente sosa y está cargada de preocupaciones y saturada de frías y mudas discordias, porque solo desdén tienen para el genio que pone fuerza y nobleza en cada acción humana y serenidad en el sufrimiento, y lleva amor y fraternidad a las ciudades y a las casas!».

Luego levantaba la vista de su libro, clavaba su intensa mirada en mí y me preguntaba:
—¿Entiendes, Belarmino?

XI

William Shakespeare tenía ciento veinticuatro años. Sabía muchas cosas. Yo solo tengo veinte y no sé casi nada.
Nací cuando el mundo tocaba ya a su fin. No he conocido esos días dichosos de los que hablaban los ancianos, cuando las guerras se desarrollaban en lugares precisos, cuando

solo algunos tenían hambre, cuando el agua aún no estaba racionada.

No conocí la era Templada. No conocí la era de antes del Gran Terremoto, de antes de las Grandes Inundaciones. No conocí la era de la Comunicación.

No conocí la era en que el cielo tenía color azul, en que las nubes no eran una sola nube, en que a veces salía el sol.

No conocí la era de antes del Virus.

Sé, porque me lo contaron, que en una época que precedió menos de un siglo a mi nacimiento, había gente que vivía fuera de las ciudades para evitar la polución: decidían residir fuera de las aglomeraciones para que sus hijos respiraran un aire mejor. Cada día, según parece, esas mismas personas, esos hombres y esas mujeres que, en cierta manera, por esa preocupación suya de que sus hijos respiraran un aire mejor, inauguraban la conciencia ecológica del siglo siguiente, esa conciencia que, recuperada por el poder político, debía adoptar la forma de una farsa grotesca, acudían a trabajar, al centro de las ciudades, en coche.

¿Qué pensaban cuando se cruzaban con un niño que no había tenido la suerte de poder huir de la polución? ¿Se daban cuenta de que se habían marchado del centro polucionado para salvar a los suyos, pero que volvían, día tras día, a matar a los hijos de los demás?

Cuando nací, ya se habían invertido las grandes curvas. La esperanza de vida de las mujeres era de cuarenta y ocho años; la de los hombres, de cuarenta y dos.

Cuando cumplí los cinco, eran, respectivamente, de treinta y siete y treinta y tres.

Cinco años después, habían caído a veintinueve y veintiuno.

A los quince, dejaron de comunicarlo y, casi inmediatamente, de hablar de ello.

El día que cumplí diecinueve años, los niños habían dejado de nacer.

XII

A partir de un incierto momento del siglo XXI, los hombres se debilitaron.

Durante mucho tiempo, los hombres eran cada vez más altos, cada vez más fuertes. Luego, a partir de un incierto momento, empezaron a ser cada vez más débiles, cada vez más bajos.

El despoblamiento había vuelto de nuevo abundantes el agua y la comida, pero nada bastaba para que el hombre recuperara las fuerzas que le había quitado antes la Naturaleza.

Comíamos, bebíamos. Nos exponíamos unos minutos al día a los rayos de sol filtrados por la nube.

Pero nada nos convertía en esos hombres altos y fuertes que, por lo que se contaba, existieron antes que nosotros.

El hombre, a partir de ese incierto instante, según decían los ancianos, no fue más que la sombra de sí mismo.

XIII

Alba y Sierra murieron la misma noche. Antes, con William y Iorgos, convivimos los cinco durante casi un mes.

Durante casi un mes, no vimos morir a nadie.
Durante casi un mes, no quemamos ningún cuerpo.
Durante casi un mes, convivimos los cinco creyendo que la muerte había desaparecido: que, exhausta, había concluido su agotadora labor.

Noche tras noche, hacíamos el amor.

La idea de que pudiera nacer un niño, de que volveríamos a oír un llanto, de que veríamos de nuevo unos ojos inocentes, ignorantes de todo lo que había sucedido en la Tierra estos últimos siglos, nos colmaba de una alegría inmensa.

Durante un mes follamos como conejos.

El sexo se había vuelto realmente animal: como cualquier bestia, jodíamos con el más profundo deseo de procrear, de asegurar la continuidad de la especie.

El sexo se había vuelto realmente humano: día tras día, hacíamos el amor con el más puro deseo de unirnos a Alba, a Sierra, de conformar un solo ser con ellas, de convertirnos en un cuerpo Único y una lengua Única, de poseerlas como si fueran realmente lo que eran de verdad: las últimas.

El sexo se había convertido realmente en lo que realmente es: humano y animal a la vez; con el amor y la muerte en juego, indistintos.

XIV

Durante mucho tiempo convivimos así: casi un mes entero. Todo abundaba: el agua, la comida, la amistad y el amor.

Alba y Sierra acababan de cumplir diecisiete años. Su belleza irradiaba en el mundo.

Un día, vimos abrirse la nube y formar casi dos nubes separadas. Y en medio, fino y luminoso, se esbozaba un trazo de cielo azul.

Sin decirlo nunca, sin confesarlo nunca a otro ni a nosotros mismos, creímos entonces que algo, quizá, podría, simplemente, *volver a empezar*.

Que ahí, en el vaivén amoroso, algo nuevo podía suceder. Sí: una especie de esperanza afloró en nosotros.

Esperanza. Empleo esta palabra sin saber realmente lo que significa. William Shakespeare, el mayor de todos nosotros, supo seguramente lo que era la esperanza. Iorgos, que también había tenido hijos, aunque cinco de los siete hubieran muerto a los pocos meses de nacer, aunque el primogénito hubiera muerto a los nueve años, quizá recordara esa emoción singular.

Alba, Sierra y yo nacimos en otro mundo: en un mundo donde ya no cabía la esperanza. O más bien: la esperanza que percibimos en los ojos de nuestros padres en el momento de nuestro nacimiento no duró, no llegó hasta el momento en que aprendimos nuestras primeras palabras.

Nuestros padres no pudieron transmitirnos el sentido de ese sentimiento: murieron antes de que dejáramos de ser niños.

XV

La esperanza, si es que se trataba de eso, no duró: éramos cinco, y Alba y Sierra murieron la misma noche.

XVI

Después de que murieran, permanecimos, William, Iorgos y yo, postrados un día entero.

Ya solo éramos tres hombres. Alba y Sierra fueron las últimas mujeres de la historia de la humanidad.

Iorgos, William y yo ya no podíamos esperar nada más.

¿Por qué seguir viviendo, sin la posibilidad de procrear?

XVII

Había dejado París dos años antes. Tenía dieciocho años. Había vivido allí desde pequeño. La víspera de mi partida, oí la Llamada. Desde que la electricidad y todos los aparatos que dependían de ella se pararon, los seres humanos habían reaprendido a hablarse: la Llamada se difundió a gritos.

Se difundió en todos los países, en todas las lenguas. Algunos dijeron que era un nuevo, y el último, organismo internacional, otros que había sido un poder local, otros que fue una simple iniciativa personal la que fijó un punto de reunión para los últimos seres vivos de la historia de la humanidad: Atenas.

Atenas fue una de las primeras ciudades abandonadas a causa de la polución. Los humanos se fueron antes de la llegada del Virus. Los cuerpos putrefactos nunca cubrieron el suelo como en Londres, Pekín, Roma, Moscú; como en París.

XVIII

Recuerdo que, siendo yo un niño, en París los cuerpos tapizaban el suelo como una alfombra de hojas muertas.

Los ancianos llamaron a aquella era la del Largo Otoño: los hombres y las mujeres cubrían el suelo como hojas caídas.

Nunca vi hojas muertas.

Pero vi imágenes de una época en que los bosques y los árboles aún existían: también sé que las hojas han existido.

XIX

De pequeño, vivía con mi hermana. Las calles no eran peligrosas. Cuando salíamos, en medio de una infinidad de cadáveres, nos cruzábamos con seres vivos. La gente nos miraba. Nosotros mirábamos a la gente. No conocíamos los nombres de todos los que vivían en París: algunos nos saludaban, nosotros saludábamos a algunos.

Cuando cumplí doce años, las calles se habían vuelto peligrosas. Las calles se habían vuelto peligrosas, pero seguíamos saliendo a veces. Podíamos caminar sin cruzarnos con nadie durante horas: cuando cumplí doce años, aún quedaban en París varios miles de habitantes.

Cuando cumplí quince años, dejamos de salir. Mi hermana se había quedado embarazada. Como todas las mujeres, desde la pubertad había obedecido a la primera norma: tener relaciones sexuales con todos los hombres con los que se tropezaba.

Sin embargo, una noche, como no teníamos nada de beber ni de comer, salimos juntos a la calle. En un primer tiempo, la humanidad empezó a apagarse por carencia: carencia de aire, carencia de agua, carencia de alimento. La desaparición del agua en África, su racionamiento en Europa y Asia, habían acabado con los seres humanos por millares.

Después, como desaparecía el hombre, como desaparecía el hombre y seguimos produciendo, creyendo que era eterno, como desaparecía el hombre y empezábamos por fin a entender que lo que había producido el hombre, ante todo, no eran recursos sino necesidades, encontrar lo poco necesario para sobrevivir se volvió cada vez más fácil.

Aquella noche, cuando salimos, hacía varios meses que no lo habíamos hecho.

Unas semanas antes, vimos a las dos últimas personas que vivían en el edificio, un hombre y una mujer de unos treinta años, volviendo a todo correr.

Nos dijeron que habían salido, nos dijeron que no lo hiciéramos.

No nos atrevimos a preguntarles nada: las heridas sanguinolentas que el hombre lucía por todo su cuerpo eran lo bastante expresivas como para explicar las razones de su vuelta precipitada.

Poco después, empujados por la sed y el hambre, la pareja salió de nuevo; y nunca volvió.

XX

Aquel día no teníamos elección. Mi hermana estaba embarazada de seis meses y, empujados también nosotros por la sed y el hambre, salimos del edificio al despuntar el día.

Caminamos durante mucho tiempo: encontramos, en una casa donde los habitantes parecían haber muerto hacía poco, algo de beber y de comer.

Nos cruzamos con ellos en el camino de vuelta. Eran unos diez. El más mayor aún no tenía mi edad, el más joven, ocho o nueve años. Los niños no abundaban, y se decía que se agrupaban a menudo.

Estaban armados con bastones y cuchillos. Unos cuchillos de cocina muy grandes que llevaban en el cinturón, como espadas.

Nos detuvieron. Se fijaron en el agua y los alimentos que llevábamos. Nos quitaron un poco. Pero no parecían muy interesados en eso.

Contemplaron el vientre de mi hermana. Lo tocaron. Durante unos segundos, dudé: vi que lo tocaban con cierto espanto, pero creí que lo tocaban también con cierto orgullo, con cierto respeto.

Sin embargo, enseguida uno de ellos hizo una apuesta:

—¡Estoy seguro de que es niña!

—¡Yo digo que es niño!

Apostaron. Apostaron unas latas de cerveza que llevaban encima. Unas latas de cerveza vacías. Unas latas que parecían estar vacías desde hacía mucho tiempo.

Como nosotros, tenían hambre y sed; y, como cualquier niño, tenían ganas de jugar.

Agarré a mi hermana de la mano e intenté huir con ella, pero no podía correr: su vientre se lo impedía.

Los chicos nos persiguieron y nos atraparon enseguida.

Les supliqué que la dejaran vivir. Les supliqué que dejaran que naciera el niño. Sabía que el niño moriría rápidamente, pero entonces aún pensaba que el nacimiento de un niño tenía un sentido.

Eran más jóvenes que yo; sabían que no era así.

Entre risas, sacaron los cuchillos. Entre risas, abrieron el vientre de mi hermana. Entre risas, sacaron al niño de su vientre. Entre risas, mientras mi hermana moría tirada en el suelo, cogieron al feto por las piernas y se las separaron para ver que era niña.

Entre risas, arrojaron por tierra el feto y –entre risas– se marcharon.

Me quedé solo con mi hermana.
Lloré. Grité.

Mi hermana, mientras se moría, intentaba consolarme.

XXI

Seguí llorando.
Seguí gritando.

Y luego cayó la noche.

Abandoné su cadáver en medio de la calle.

Abandoné su cadáver en un charco de sangre, como un cuerpo inútil: como si los muertos no tuvieran sentido para los vivos.

Abandoné su cadáver como se abandona un pensamiento desagradable: sin entender que cada pensamiento es necesario, que cada pensamiento alumbra el alma.

Abandoné su cadáver como se abandona un mal recuerdo: sin saber que así lo que se condena es el trabajo de la memoria, sin saber que lo que se debilita no es el poder de la memoria sino el del olvido.

Abandoné su cadáver como se abandona uno mismo, como se abandona la vida.

Abandoné su cadáver así porque aún no sabía lo que me enseñó después Atenas.

XXII

Tras la muerte de mi hermana, me quedé encerrado varias semanas.

Pasé sed, pasé hambre.

Pasé a ser muy poca cosa.

XXIII

Me escondía.

No sabía de qué tenía que esconderme, pero me escondía constantemente.

Apenas me atrevía a mirar, a veces, furtivamente, por la ventana.

XXIV

Transcurrieron días y noches.

Una tarde, vi pasar a un hombre desnudo con el cuerpo de una joven a cuestas. No pude despegar la mirada de él: iba hasta el final de la calle, luego volvía sobre sus pasos. Caminó así durante varios días.

Rodeado de moscas, día tras día, caminaba.

Una vez, una mujer se le acercó. Le habló. No oí lo que le decía. El hombre no la escuchó. No se detuvo. Siguió caminando.

La mujer se fue y volvió. Le tendió una manta. El hombre no la cogió. La mujer le puso la manta sobre los hombros desnudos y se fue.

El hombre siguió caminando. Después de varias idas y vueltas, la manta se resbaló y cayó a la calzada.

El hombre desnudo siguió caminando, sin parar. El cuerpo de la joven iba pudriéndose. Al hombre le costaba llevarla a cuestas cada vez más: había trozos que caían y quedaban desparramados en el suelo, en medio de la calzada.

Un mediodía, a plena luz, no sé si lo que vi era verdad: la podredumbre parecía deslizarse poco a poco de los restos de la joven y apoderarse del cuerpo de él.

Pero el hombre seguía caminando. Día tras día. Noche tras noche. Del cuerpo de la joven no quedaba más que el tronco: los brazos y las piernas se habían podrido y se habían desprendido.

El hombre no pensaba. El hombre seguía caminando. Caminó hasta que no quedó prácticamente nada del cuerpo de la joven: con sus manos, el hombre intentaba conservar los raros vestigios de la carne podrida.

La cosa duró varios días más.

El hombre siguió caminando mucho tiempo después de que sus manos ya no llevaran más que unas pocas virutas de piel reseca.

Y luego el hombre desapareció.

La manta que la mujer le había puesto sobre los hombros dos o tres semanas antes permaneció sola en el suelo, en medio de la calle.

XXV

Pasó el tiempo. Siguió pasando.

No me atrevía a salir. Pero volvía a atreverme a mirar.

Por la ventana, vi unas ratas grandes como perros comiéndose a unos hombres que aún no habían acabado de morir.

XXVI

Y luego me entró el hambre. Como tenía miedo de salir a la calle, recorrí los rellanos desiertos y los apartamentos abandonados del edificio.

Me tropecé con una de aquellas ratas. Como iba armado con un bastón, conseguí matarla.

Ese día fui yo quien comió.

XXVII

Pasaron aún más días, y me entró el hambre otra vez.

Tenía miedo, pero el hambre era más fuerte que el miedo. Miré la calle desierta.

Caminé. Caminé durante mucho tiempo.

Encontré un lugar que seguramente había servido de almacén. Estaba devastado. Detrás de una infinidad de cajas vacías, encontré una caja con algo de comida. Me tragué la comida y las cucarachas que la rodeaban.

Seguí buscando en el almacén. Encontré más cajas. Encontré una carretilla que me sirvió para transportarlas.

Al salir ya no tenía hambre. Las calles estaban vacías. En el cielo, la nube estaba clara.

Empujaba la carretilla y andaba con calma: estaba dispuesto a morir; o a matar.

Me crucé con un perro. Hacía años que no veía uno. El perro me vio acercarme. El perro se asustó. El perro gimió, metió la cola entre las patas.

Intenté atraparlo, pero el perro se fue.

Me tropecé con una mujer. Me dijo que había que volver a casa. Que había hombres y mujeres que se habían agrupado. Que se ponían nombres. Que más valía no cruzarse con ellos.

Sin saber por qué, intenté golpear a esa mujer.

Por suerte, se escapó.

Yo también.

Di con mi edificio. Subí las cajas. Entré en el piso y cerré con llave.

XXVIII

Pasaron más días o semanas.

Por la noche oía a grupos deambulando por la calle.

Se componían de cinco, siete individuos, puede que más. Pasaban y gritaban juntos su nombre.

Ninguna otra palabra salía de su boca. Se habían puesto un nombre y era suficiente, con eso les bastaba.

Una noche oí cómo se enfrentaban dos grupos. Oí los golpes pesados de los cuerpos contra los cuerpos. Oí los golpes claros de las afiladas hojas penetrando en las carnes. Oí las voces y los gritos espantosos de los hombres tras la batalla: unos hombres que ya no eran hombres pero que aún no estaban muertos.

Oí cómo pasaba el tiempo. Oí a la muerte muda ahogando las quejas y devolviendo a la calle su silencio pasado.

Lo oí todo; no quise mirar.

XXIX

Unos años antes, tras los atentados de abril, se habían formado unos grupos parecidos. Se llamaban las Falanges, las Ligas, las Legiones.

Se proponían únicamente matar a aquellos que no les prestaran juramento de lealtad.

En esa época, quedaban ya pocos vivos: muchos fueron eliminados entonces.

Las Falanges, las Ligas, las Legiones acabaron muriendo por sí solas: poco después de que se crearan, sus tropas se vieron exterminadas por una nueva epidemia del Virus.

Durante unos decenios, el Virus atacó a todos los humanos que se agrupaban, como si el simple hecho de querer unirse —por la causa que fuera— provocara su muerte.

XXX

Después de la muerte de mi hermana, viví solo. Durante largos meses esperé, enclaustrado en medio de la penumbra.

Durante esos largos meses de soledad, esos largos meses en los que viví como un animal, perdido en la oscuridad, olvidé mi nombre.

Durante el día, temía la llegada de la noche. Por la noche, acechaba la aparición de la luna.

Las noches sin luna sabía lo que era realmente el miedo.

XXXI

Me quedaba encerrado, solo salía cuando la sed y el hambre se hacían insoportables.

Cuando salía, buscaba un mínimo de alimentos, unos litros de agua. Cuando encontraba lo suficiente para aguantar un tiempo, dejaba de salir: me quedaba encerrado en medio de la oscuridad.

Esperaba.

Esperaba sencillamente que la muerte viniera a buscarme.

XXXII

La muerte no vino a buscarme.
Lo hizo la Llamada.

XXXIII

Eran las doce del mediodía cuando oí la voz que gritaba en la calle. Llevaba días y días sin ver pasar a nadie por delante de mi edificio. Abrí la ventana. La ciudad estaba tan silenciosa que pensé que igual éramos los dos únicos supervivientes en París: yo y el hombre que chillaba.

Las palabras que gritaba la voz eran fáciles de entender. No era una orden, no era un consejo, era una simple propuesta: avanzar hacia el Sur, dirigirse hacia el mar, retornar allá donde todo había empezado.

Ir a Atenas para morir juntos.

Eso es lo que proponía la Llamada.

XXXIV

No seguí al hombre que vociferaba.

Me entró miedo y me quedé en casa hasta que se apagó la voz a lo lejos.

Para salir esperé al crepúsculo.

Luego caminé solo en medio de la noche. No había nadie en las calles.

Llevaba varias semanas sin salir: el despoblamiento había progresado terriblemente. La Tierra estaba vacía. Crucé París sin tropezarme con un solo ser humano.

Dejé París, y las calles vacías de los suburbios, y las carreteras vacías que se extendían más allá, y nadie, nadie parecía vivir ya en ninguna parte.

La ausencia era aún más fuerte que el silencio: el ruido del viento, jugando con unos hilos que habían conocido la electricidad, me lo recordaba mientras caminaba.

No caminé durante días: caminé durante varias semanas sin encontrarme con un solo ser humano.

Sobrevivir por esas carreteras no era más difícil que en París. En otras ciudades, en pueblos, en lugares aislados al borde de las autopistas desiertas, encontré comida y bebida.

XXXV

Tras varias semanas de marcha, al cruzar una ciudad muerta, oí una voz lejana que gritaba la Llamada en una lengua que no conocía.

No me acerqué. No intenté averiguar quién era el hombre que gritaba.

XXXVI

Seguí caminando. La noche sucedía al día. El día sucedía a la noche.

Caminé por las carreteras. Crucé ciudades. Crucé pueblos. Franqueé los lechos secos de los ríos. Franqueé montañas peladas. Caminé campo a través. Crucé extensiones de terreno donde quedaban las huellas de las raíces de los grandes árboles desaparecidos.

Caminé por tierras abrasadas donde no había crecido nada desde hacía decenios.

XXXVII

Un día me topé con un niño. Debía de tener seis, siete, ocho años a lo sumo.

Estaba sentado sobre una roca en el lecho de lo que había sido un gran río y por donde ahora discurría apenas, por su centro, un minúsculo arroyuelo. Al verlo, se sentía que estaba ahí sentado simplemente porque el agua corría a sus pies.

Me acerqué a él. Intenté hablarle. Por razones que ignoro, se negaba a mirarme a los ojos. Le tendí un poco de comida. Miró la comida. O puede que sencillamente mirara mi mano, no lo sé.

Lo que sé es que no tomó la comida.

Cuando yo tenía diez u once años había visto algo semejante: a un perro viejo dejar de alimentarse para morir por fin.

Miré al niño durante largo tiempo, sin una palabra. Estaba flaco, enfermo como todos los niños que he podido ver. Sabía que la muerte, a la que esperaba allí solo, al borde del arroyuelo, no iba a tardar en venir a ocuparse de él.

Sin mediar palabra, proseguí mi camino.
Sin mediar palabra, dejó que me alejara.

XXXVIII

Nos cruzamos, no nos hablamos.

¿Qué podríamos habernos dicho?

XXXIX

Seguí caminando.

Después de unos días, sin saber por qué, quizá a causa del recuerdo de ese niño moribundo, mientras caminaba, empecé a gritar, yo también, la Llamada.

XL

En América, tras el Gran Terremoto, algunos hombres se volvieron nómadas.

Con el final de los transportes a motor, los contactos con el resto del mundo se hacían solamente mediante veleros. Durante algunos años, las relaciones siguieron existiendo: unas pocas personas viajaban, trayendo lo que se decía y escribía por ahí.

Luego, poco a poco, la frecuencia de la llegada de los veleros fue disminuyendo. Luego, poco a poco, los intercambios cesaron.

Entonces hubo el Gran Terremoto y algunos se volvieron nómadas.

Parece que eran aún unas decenas de miles en el conjunto del continente americano, cuando los primeros abandonaron la idea de ser sedentarios.

Se dice que al principio ser nómada era una moda: que empezó al sur de América del Sur antes de invadir todo el continente.

Los primeros nómadas empezaron a destruir las casas y los pisos: fue la guerra entre los de Fuera y los de Dentro. Fue una guerra que el resto del mundo no conoció. No era una guerra por el poder, ni la riqueza, ni la muerte. El poder, como todo el mundo sabía ya que el fin era ineluctable, no interesaba a nadie. Enriquecerse, cuando quedaban tantas riquezas para tan poca gente, no tenía ningún sentido. Matar, cuando quedaban tan pocos habitantes sobre la Tierra, también carecía de sentido.

Era una guerra entre dos formas de vida. Puede que los Nómadas reivindicaran un retorno a una forma de vida abandonada desde hacía milenios. Puede que los Sedentarios temieran ese retorno.

En Europa, nos enteramos de que la guerra había tenido lugar, pero nunca supimos las razones de esa guerra.

Luego la guerra entre Fuera y Dentro también se terminó. A causa de la falta de agua, a causa del aire irrespirable y del sol asesino, a causa de las Grandes Inundaciones, ya no hubo suficientes guerreros.

La guerra acabó sin victoria ni derrota: los americanos ya eran solo unos cuantos miles.

Se dice que a continuación se reagruparon. Se dice que, una vez reagrupados, recorrieron el continente desierto. Se dice que, sin victoria ni derrota, la vida nómada pareció convenirles. Se dice que, apenas unos años después de que se reagruparan y empezaran a errar, el Virus los diezmó.

El último hombre africano llevaba muerto casi veinte años

cuando los doce últimos americanos decidieron emprender un último viaje en velero. Ocho murieron durante la travesía, tres en las horas siguientes a su llegada a Europa. El último hombre americano murió de fiebre aftosa el 1 de marzo de 2062 en Marnes-la-Coquette.

XLI

Por qué razón exactamente el espanto de saber que el fin de la humanidad estaba cerca −el espanto de saber que seríamos nosotros, después de tantas generaciones, quienes veríamos morir a la humanidad− hizo que en América los hombres abandonaran sus casas y partieran a errar por el mundo, y que en Europa y Asia se enclaustraran en su casa, *a esperar a que sucediera*; por qué razón, nadie lo sabrá jamás.

XLII

He leído en libros antiguos que hubo hombres que se preocuparon muy pronto por las Ondas, por los OGM, las Micropartículas, las abejas que morían a miles, las especies que desaparecían ya no siglo tras siglo, sino día tras día.

Yo mismo, de niño, oí de boca de los ancianos:
−Todos esos animales que hemos conocido nosotros mismos de niños y que sencillamente ya no existen (elefantes, jirafas, rinocerontes, ballenas, tigres), ¿qué diremos de ellos a nuestros hijos? ¿Que no los hemos visto desaparecer? ¿Que apenas los conocíamos? ¿Que los hemos matado?

Podría decirse que, por suerte, los ancianos no tuvieron que contestar a esas preguntas: poco después de los animales, los niños empezaron a desaparecer.

XLIII

Durante mucho tiempo consideré esto pretencioso: cuando la humanidad tocaba a su fin, se elevaron numerosas voces para decir que nosotros, solo nosotros, habíamos provocado que el mundo se acabara. Una vez más, nos atribuimos el papel principal, aunque fuera el de destruirlo todo.

Todos oímos aquellas voces: eran las nuestras. De la misma despreocupada manera en que nuestros ancestros leían los periódicos y veían la televisión, nosotros nos oímos decir a nosotros mismos que la Tierra estaba moribunda.

De la misma manera en que nuestros mayores siguieron viviendo sus vidas asesinas, matándolo todo, día tras día, metódicamente, con sus basuras, sus vehículos, sus viajes en avión, su consumo desenfrenado, nosotros continuamos, superficiales y presuntuosos, contemplando el suicidio de la humanidad.

Antes de la Llamada, no vivíamos el fin de la humanidad: la *gestionábamos*.

XLIV

Me dijeron que antes de mi nacimiento los problemas eran siempre locales y las soluciones planteadas siempre globales: es decir, inaplicables.

Me dijeron que, en esa edad remota, la ecología había sustituido simplemente al colonialismo: siempre se pedía a los mismos que hicieran un esfuerzo: a los otros, a los más pobres, a los más desfavorecidos.

XLV

Me dijeron que antes de mi nacimiento los niños no nacían del vientre de las madres.

Me dijeron que se habían inventado máquinas para sustituirlos.

XLVI

Me dijeron que antes de mi nacimiento los niños no llevaban mascarilla en las calles de las ciudades. Caminaban despreocupados, inspirando un aire que se sabía nocivo desde hacía decenios. Algunos hombres llevaban mascarilla, pero los niños no.

Solo cincuenta y siete años después de prohibir a los niños que hicieran gimnasia los días de gran polución se hizo obligatoria la mascarilla para ir a la escuela.

Hasta entonces, para los adultos, la vergüenza de haber creado un mundo en el que los niños debían llevar mascarilla era más importante que la necesidad de salvarlos.

XLVII

Me dijeron que antes de mi nacimiento los hombres pescaban en el mar. Partían en barco, lanzaban las redes, pescaban peces y se los comían.

Me dijeron que en esa época antigua los hombres también pescaban para divertirse.

Me dijeron que cuando se supo que pronto no habría ni un solo pez en ningún mar, el hombre siguió pescando: por placer o para comérselos, siguió pescando hasta el último pez.

XLVIII

Me dijeron que antes de mi nacimiento los hombres se bañaban en los ríos.
Me dijeron que había agua corriente en las casas.
Me dijeron que se utilizaba agua para lavarse.

Durante varias décadas, aunque no ignoraban que había miles de personas que morían de sed en el mundo, se siguió usando agua para lavarse.

¿Cómo, después de unos milenios de existencia, la humanidad ha podido dar a la higiene más importancia que a la vida?

Otro terrorífico detalle histórico que, por suerte, nunca nadie tendrá que elucidar.

XLIX

Me dijeron que antes de mi nacimiento, cuando no había una sola sino varias nubes, la gente tenía derecho a ponerse al sol. En verano iban a países cálidos y volvían con el cuerpo bronceado.

Los melanomas ya existían, pero la gente aún no les temía.

Por inverosímil que pueda parecer, para el hombre, el sol no siempre fue malo.

L

Me dijeron que antes de mi nacimiento las calles de las ciudades estaban alumbradas.

Me dijeron que antes de mi nacimiento había electricidad en todas partes.

Me dijeron que antes de mi nacimiento no había guerras por culpa del agua.

Me dijeron que antes de mi nacimiento había cosas que costaban más que la comida.

Me dijeron que antes de mi nacimiento no había desiertos en Europa.

Me dijeron que antes de mi nacimiento había árboles, bosques.

LI

Me dijeron que antes de mi nacimiento las cucarachas y las ratas ya existían pero que también podían verse, de verdad, animales fantásticos, como las mariposas, como los loros, como los gatos.

LII

Me dijeron que antes de mi nacimiento los hombres eran altos y fuertes.

Me dijeron que había más gente que nacía que la que moría.

LIII

Me dijeron que antes de mi nacimiento el cielo no estaba siempre cubierto. Me dijeron que el color del cielo era azul. Me dijeron que a veces podía verse el sol. Me dijeron que no había una sola sino varias nubes.

Me dijeron que antes de mi nacimiento los niños levantaban la vista al cielo para ver otra cosa que esa única gran nube gris.

LIV

Caminé día y noche. Caminé semanas y meses. Caminé por la arena y por las piedras. Caminé por los campos abrasados. Atravesé ciudades abandonadas. Caminé siguiendo rutas solitarias. Caminé imaginando lo que mis ojos no habían visto nunca: los bosques que habían poblado aquellos desiertos, a los hombres que habían labrado aquellos campos, los vehículos motorizados que habían recorrido aquellas carreteras.

A los hombres que habían poblado aquellas ciudades desnudas.

LV

A veces me acordaba de mi hermana.

A veces me acordaba de mi infancia.

A veces intentaba acordarme de mi nombre.

A veces, cuando había una cuesta abajo, me subía a una bici y, ebrio de felicidad, me deslizaba por la carretera.

LVI

Mi sueño, de niño, como el sueño de todos los niños de mi generación, era haber nacido unas décadas antes. Algunos habrían querido nacer antes para ver a los animales grandes, para conocer los bosques, para poder comer y beber hasta la saciedad.

A mí me habría gustado existir en la época en que existían los trenes.

LVII

El hombre no ha inventado nada realmente bello o realmente importante desde que inventó el tren.
Pero ha inventado otras cosas útiles.

Cuando desaparecieron las abejas, por ejemplo, el hombre superó uno de los grandes retos de su historia: la Polinización Universal Obligatoria. Cada ser humano, una vez al día y todos los días, se ocupaba de llevar a cabo lo que desde siempre había sido la labor de las abejas.

La gente respetó escrupulosamente la PUO, al menos durante unos años.

Muchos pensaron que los primeros incumplimientos de la norma –que los del Este reprocharon a los del Oeste, que los del Sur atribuyeron a los del Norte– fueron la razón principal del principio de la Segunda Crisis Alimentaria.

Muchos pensaban así.

LVIII

A principios de los años cincuenta se sacrificaron los Grandes Restos y las Grandes Herramientas. Fue uno de los gestos más unánimes de toda la historia de la humanidad.

En todos los países se dedicaron con minuciosa meticulosidad a la destrucción de todo lo realmente monstruoso construido por el hombre: torres desmesuradas, puentes colosales, misteriosas construcciones paquidérmicas.

Luego tuvo lugar la destrucción de todo lo que había funcionado gracias al petróleo, a la electricidad, al carbón. Los Grandes Restos Industriales acabaron hechos trizas. Intentaron borrar esos restos de los restos de la humanidad.

Después de las inmensas creaciones, se destruyeron las inmensas herramientas que habían servido para confeccionarlas: camiones titánicos, grúas inconmensurables, descomunales máquinas de todo tipo (térmicas, hidráulicas, mecánicas).

Hubo quien vio, en esos sacrificios, la primera –y la última– verdadera religión universal.

Como en tantas religiones, después hubo cismas, sectas ortodoxas, apostasías.

A finales de los años cincuenta, algunos heréticos la tomaron con simples utensilios. Se sacrificaron, en numerosas partes del mundo, simples martillos, simples yunques, inocentes ruedas.

LIX

Fue poco antes, a finales de los años cuarenta, cuando los hombres empezaron a matar a sus hijos.

Se llamó a aquello la Gran Crisis Ontológica. Como la mayoría de los acontecimientos históricos de la primera mitad del siglo XXI, ocupó los medios de comunicación de manera casi exclusiva durante algunos meses... antes de caer en el olvido.

A principios de siglo, la mayor parte de los especialistas presagiaban que la población global del planeta debía crecer primero para luego estabilizarse. Primero se pensó que se estabilizaría alrededor de nueve, luego de trece mil millones de individuos.

Como casi siempre, la humanidad se equivocó: cuando la curva se invirtió y la Tierra empezó a despoblarse, la explosión demográfica había hecho crecer la población global del planeta de siete a dieciocho mil millones de individuos.

En una primera época, cuando el número de muertos superó al número de nacimientos, hubo una gran esperanza: desde hacía ya mucho tiempo se sabía que el planeta no podía alimentar a más de quince mil millones de seres humanos.

De hecho, pudo, pero solo unos años.

Cuando la curva se invirtió, esa gran esperanza dio lugar a los Nuevos Años Locos, la década más sorprendente y la más corta, puesto que en realidad solo duró tres años, de la historia de la humanidad.

Pero se entendió enseguida que la inversión se había producido demasiado tarde: lo que la población terrestre, durante los pocos años en que fue demasiado numerosa, hizo sufrir a la Tierra fue una serie de estragos que la Tierra no podía reparar.

A partir de aquel momento, la simple desesperación de saber que la humanidad iba a perecer provocó una ola de suicidios sin precedentes, y cuya especificidad era el asesinato de los niños que los precedían: los padres, solos o en pareja, mataban *siempre* a sus hijos antes de suicidarse.

Luego, durante los años que duró la Gran Crisis Ontológica, se constató que el número de tentativas de suicidio fallidas, tras los asesinatos consumados de la progenitura, no dejaba de aumentar.

La tasa de tentativas de suicidio fallidas de los padres fue en 2045 del 3 por ciento, en 2047 del 7 por ciento, en 2049 del 17 por ciento.

En 2053, cuando el porcentaje de la población que mataba a sus hijos antes de fallar en su propio suicidio superó el 50 por ciento, se decidió que matar a los propios hijos no era un crimen: era necesario absolver a los padres criminales que fallaban su suicidio para intentar convencerlos de que siguieran viviendo y, fuera cual fuese su grado de desesperación, volvieran a procrear.

LX

De París a Atenas, caminé durante varios meses sin cruzarme con más ser vivo que aquel niño que esperaba la muerte sentado junto a un arroyuelo.

LXI

Y luego llegué a Atenas. La noche cubría el cielo con su manto de sombra. Un cuarto de luna guio mis pasos oscuros por las avenidas desiertas.

Había ruinas, y ruinas de ruinas.

El silencio, ese mismo silencio que ahogaba la Tierra entera, no sabría decir por qué, parecía aquí más silencioso que en las otras ciudades que había cruzado.

Avanzaba dubitativo: no sabía a qué iba a enfrentarme.

A la vuelta de una callejuela, vi fuego sobre una colina. En la cima se perfilaba, sombría en el cielo sombrío, una silueta donde se erigían las columnas de un templo.

Oí, a lo lejos, gritos y voces.

¿De dolor? ¿De alegría? No lo sabía.

A medida que me acercaba, el crepitar del fuego en el interior del templo me asustó: unas sombras monstruosas se proyectaban en los muros.

Y unas voces resonaban como si varios seres humanos se hubieran reunido allí.

Tuve miedo.

Una vez más, tuve miedo.

Para mí, entonces, los hombres solo podían ser buenos por separado.

LXII

Sin embargo, me acogieron con alegría. Esos hombres, esas mujeres, esos pocos niños habían formado un grupo solo porque eran los últimos. Quizá por eso, aunque estuvieran juntos, no parecían peligrosos.

La noche misma en que llegué me dieron de comer y de beber. Me trataron como a un semejante. El miedo que seguía llevando en el vientre como una bola incandescente de lava, ese miedo que había visto en los ojos de todos aquellos con cuya mirada me había cruzado desde hacía años, había desaparecido de los ojos de la mayoría de la gente que descubrí reunida en Atenas aquella noche.

Algunos me miraron. Otros me hablaron. Hubo mujeres que se acercaron y me tocaron.

Muchos me dijeron sus nombres.

Intenté recordar el mío.

LXIII

Yo era de los más jóvenes del campamento.

Estábamos en marzo, y ya más de un millar de personas había respondido a la Llamada.

Iorgos llevaba allí varios meses.

Alba y Sierra llegaron unos días antes que yo.

William Shakespeare fue uno de los últimos en llegar. Estábamos a finales del verano. La población del campamento había empezado a disminuir: ya solo éramos unos centenares.

LXIV

—«Como el trabajador que se sumerge en el sueño reparador, mi ser atormentado se hunde a menudo en los brazos del pasado inocente».

Recuerdo su sencillez.

Recuerdo que sus ojos brillaban cuando leía.

Recuerdo su piel.

Recuerdo sus manos cuando escribía.

Recuerdo su vejez con la misma ternura con la que, creo, podría recordar, si viviera lo suficiente, *mi* vejez.

LXV

Recuerdo que me puso nombre.

Recuerdo que me puso nombre como Iorgos le había puesto nombre a él.

Recuerdo que me puso nombre con ternura, mientras que Iorgos le había puesto nombre por diversión, como una ocurrencia.

LXVI

Nada más llegar, William Shakespeare se convirtió en nuestro decano. Era muy viejo y muy débil, pero sus movimientos, de una lentitud extrema, seguían poseyendo una extraña precisión: cada gesto suyo parecía afirmar que el tiempo no existía.

William Shakespeare era muy viejo y muy débil, pero los demás morían y él seguía vivo.

Recuerdo que un día Alba le dijo que para ella era «un monumento alla vita».

Recuerdo que le contestó que más que como un monumento a la vida, prefería ver su viejo cuerpo y su vieja alma como un insulto a la muerte.

LXVII

William Shakespeare era muy viejo y muy débil, y muy alto: parecía una gran tortuga.

Ser nuestro decano no le otorgaba ningún derecho, ningún deber.
Nunca en el campamento hubo ninguna autoridad. Nunca nadie pensó en instaurar una jerarquía: todos sabíamos, fuera cual fuese la región de donde procedíamos, que la autoridad había servido siempre, ante todo, para desunir.

Es difícil entender cómo funcionó el campamento sin una organización real; y, sin embargo, ese fue el caso.

Se había escogido Atenas porque fue una de las primeras ciudades que quedaron abandonadas. Sus habitantes se marcharon con las primeras Grandes Migraciones, y los pueblos migratorios no se instalaron en ella: pasaron de largo como una mirada insensible por un rostro extraño.

A la Llamada, los hombres y las mujeres respondieron dirigiéndose hacia Atenas con sus necesidades y sus temores.

A la Llamada, los hombres y las mujeres respondieron saliendo de sus refugios y dirigiéndose a la Acrópolis para sentir el calor de otros seres humanos: para sentir ese calor por última vez.

Los hombres y las mujeres acudieron porque la Llamada, por primera vez, no prometía más que el poder desnudo de la verdad: agruparse para esperar el fin.

Los hombres y las mujeres acudieron a Atenas porque creían que Atenas no podía aportarles nada.

Así acudí yo también.

LXVIII

Cuando llegué al campamento, me fijé en una mujer sin edad que caminaba sin parar: no se sentaba nunca, no se acostaba nunca. Solo a veces, extenuada, se desplomaba.
Me recordó a aquel hombre que vi en París, a través de la ventana, llevando a cuestas, interminablemente, el cuerpo de una muchacha muerta.

Unos días después de mi llegada, me acerqué para hablarle, pero la mujer no me contestó.

Poco a poco comprendí que no hablaba con nadie: erraba entre los vivos como si ya estuviera muerta.

William fue quien me explicó que en distintos países había habido gente que deambulaba así: como pájaros incapaces de posarse.
Podían caminar días y noches enteros hasta caer exhaustos.
Luego, al despertar, se ponían a caminar otra vez.

William me dijo que en ciertos países se les llamaba los Indiferentes. Vivían entre los vivos, pero no vivían *con* los vivos. A veces bebían, a veces comían. A veces.

Pero nunca contestaban a lo que otros pudieran decirles, a lo que otros pudieran proponerles: ni para aceptar, ni para rehusar.

William me dijo que esos hombres y esas mujeres no vivían: solamente sobrevivían.

William me dijo que había visto a Indiferentes dejándose matar sin el menor sonido, sin expresar el menor sufrimiento... ni la menor gratitud.

LXIX

—«Leída desde una lejana constelación, tal vez la escritura mayúscula de nuestra existencia terrena inducirá a concluir que la tierra es el astro auténticamente ascético, un rincón lleno de criaturas descontentas, presuntuosas y repugnantes, totalmente incapaces de liberarse de un profundo hastío de sí mismas, de la tierra, de toda vida, y que se causan todo el daño que pueden, por el placer de causar daño: probablemente su único placer».

Pero ¿cómo ha podido escribir esto el hombre dos siglos antes de desaparecer, Belarmino? ¿Cómo?

LXX

A menudo, William miraba a los hombres y a las mujeres del campamento con una ternura infinita.

Los contemplaba durante mucho tiempo, con una mirada silenciosa, atenta.

A menudo también, William miraba a los hombres y las mujeres del campamento con una mirada desolada.

Entonces me agarraba la muñeca, me mostraba mis escuálidas articulaciones y me decía:

—El hombre, cuando yo era joven, era más alto, más fuerte. El hombre se ha debilitado a sí mismo. Ha perdido la fuerza que le dio la Naturaleza.

Me miraba con ternura:

—Si seguimos muriendo, Belarmino, si seguimos muriendo aquí donde somos buenos, aquí donde vivimos de nuevo como nunca deberíamos haber dejado de vivir, aquí en Atenas, donde la muerte habría tenido que ser vencida, es porque la debilidad a la que hemos llegado es demasiado grande para poder superarla.

LXXI

Unas semanas después de mi llegada, hice el amor por primera vez.

Yo tenía dieciocho años.
Ella tenía catorce.

No sé de qué país venía: no entendía sus palabras, ella no comprendía las mías. Fijé mis ojos oscuros en sus ojos claros la misma noche en que llegué al campamento.

Unos días más tardé, me crucé con ella en el pozo. Fue ella la que vino hacia mí. Hablaba una lengua dulce y profunda. Y su voz era débil.

Nos preguntamos nuestras edades: para contestar, nuestras manos agitaron el aire y nuestros dedos jugaron en silencio.

Nos amamos mucho tiempo.

Nunca supe su nombre.
Nunca lo sabré.
Murió en mis brazos al día siguiente por la mañana.

No sé por qué, mientras moría, su sonrisa parecía decirme *sí*, parecía decirme *gracias*.

LXXII

Nadie pensó en apuntar el día del mes de mayo en que Sophia y Theo, los dos primeros seres humanos en llegar a la Acrópolis, fundaron, a su silenciosa manera, el campamento.

A la semana siguiente llegaron cinco hombres y siete mujeres.

Menos de tres meses después, el campamento contaba con casi cien habitantes. La mayoría eran griegos, turcos, búlgaros, macedonios, ucranianos, kosovares.

En el mes de noviembre, varios centenares de seres humanos poblaban la Acrópolis. Había italianos, alemanes, polacos, bálticos, escandinavos, rusos, georgianos, iraquíes, sirios, persas, paquistaníes, franceses, españoles y un portugués.

A finales de abril llegaron los primeros mongoles, los primeros indios, unos pocos chinos.

Todos los que llegaban, inevitablemente, solo habían visto en su camino a unos cuantos moribundos.

El 24 de junio, el campamento alcanzó su población máxima: 731 mujeres, 515 hombres y 111 niños, es decir, 1.357 seres humanos.

El 27 de junio, el campamento conoció el único nacimiento de su historia: el de Orsola. Murió tres días después.

A pesar de las nuevas incorporaciones, aquel día la población empezó a declinar.

En julio llegó al campo el último hombre en ver a otro ser vivo —aunque fuera moribundo— en su camino.

El 18 de agosto, una de las niñas, Marina, alcanzó la pubertad. Fue la última.

El 3 de septiembre éramos menos de mil.

El último niño murió el 21 de octubre, al alba.

El 27 de octubre, Iván se unió a nosotros. Venía de Vladivostok. Llevaba diecisiete meses caminando y gritando la Llamada sin cruzarse con el menor ser vivo en su camino.
Fue el último hombre en llegar al campamento.

El 12 de noviembre creímos que había muerto el último ser humano portador del Virus.

Entre el 16 de noviembre y el 19 de diciembre, atormentados por el frío, muchos mataron para ser el último.

Fue el periodo más sombrío de la historia del campamento.

El 21 de diciembre llovió todo el día: quedábamos solo 127 y creímos que nadie sobreviviría al invierno que empezaba.

El 1 de enero éramos lo bastante pocos como para hablarnos.

Siete días después, Zyberski sufrió su primer ataque de locura. Conseguimos calmarlo.

El 3 de febrero volvió el calor. Quedábamos 37 mujeres y 22 hombres.

El 16 de febrero, Zyberski empezó a toser. Apenas unas horas después, vimos las primeras marcas del Virus en su piel. Ningún hombre, ninguna mujer aparte de él era ya portador de la enfermedad.

El 3 de abril, exactamente un año después de la muerte de Theo, Sophia murió también.

El 21 de abril, tras la muerte de Miroslaw, de Danoussia, de Fei y de Raina, ya solo quedamos cuarenta.

En la noche del 30 de abril a 1 de mayo, Zyberski, presa de un nuevo ataque de locura, mató a 21 mujeres y a 13 hombres antes de quitarse la vida.

La noche del 1 de mayo ya solo quedábamos cinco seres humanos sobre la superficie de la Tierra: Alba, Sierra, Iorgos, William Shakespeare... y yo.

LXXIII

Antes de Zyberski, otros hombres habían sufrido ataques de locura. Antes de Zyberski, otros hombres habían matado para ser el último.

Pero su gesto fue distinto.

En el gesto de Zyberski, en su locura asesina, había tanto amor como odio.

Lo que deseaba Zyberski: evitarnos ser los últimos, protegernos, a cada uno de nosotros, del horror de quedarnos solos en la Tierra.

Lo que no sabía Zyberski: la sorprendente paz de esta forma de soledad; la alegría, inmensa y dulce, de ser el último.

LXXIV

Zyberski había sido un hombre bueno. Nació en Gdansk, estudió medicina. De joven trabajó en un hospital. En el campamento curó a decenas y decenas de personas.

Él era el único que acompañaba a los enfermos del Virus hasta su último suspiro.

LXXV

Antes de la llegada al campamento de los primeros mongoles, de los primeros indios, de los pocos chinos que acudieron, algunos decían que en Asia, en Chengdu, en Ulán Bator, en Lhasa, en Bangalore, existían otros campamentos iguales que los nuestros.

Aquellos hombres nos confirmaron que no era así.

LXXVI

Había, en el simple hecho de reencontrarnos para esperar el fin, algo que hasta entonces muchos de nosotros habíamos ignorado: una especie de placer, de alegría, de tranquilidad. Una especie de goce común que, creo, la mayoría de nosotros no habíamos conocido antes.

Si el último mes, cuando viví en compañía solamente de Iorgos, Alba, Sierra y William Shakespeare, fue tan importante para mí como el resto de mi vida, el año entero que pasé en el campamento fue también de una dulzura inesperada.

En el campamento, a la espera del fin de la humanidad, a la espera de ese fin tan seguro, cada día más seguro, muchos reencontraban el placer de los gestos más sencillos: gestos que habían hecho felices a los hombres, a las mujeres y a los niños durante milenios y que, desde hacía tan solo unos cuantos decenios, ya no producían ninguna satisfacción.

Los había que disfrutaban cocinando, comiendo; otros hablando, leyendo, cantando, escuchando.

Los había que disfrutaban bebiendo, respirando, amando... durmiendo.

LXXVII

En el mundo de antes del despoblamiento, los hombres políticos viajaban en avión para participar en reuniones donde se ponían de acuerdo sobre la manera de reducir el tráfico aéreo.

Dirigentes ecologistas esperaban llegar a ministros de gobiernos que les dieran el derecho a poseer un coche oficial. Escritores escribían libros para decir que los libros destruían los bosques.

Y todas esas personas, obnubiladas por su incapacidad de entender la Tierra en la que vivían, fascinadas por esa abstracción que llamaban «humanidad», no pensaron nunca que lo que de verdad ignoraban no era ni la Tierra ni la humanidad, sino la belleza inagotable de una flor, de una verdura, del gesto que se hace para recogerlas, la ternura insoportable de una voz, de una piel, el inverosímil poder de la mirada de un amigo.

Yo no he conocido esos años. Me dijeron que entonces no se ignoraba del todo la gravedad de esos acontecimientos. Me dijeron que esos acontecimientos se vivieron simplemente como si fueran inevitables.

LXXVIII

La historia de la humanidad ha sido simple.

Existieron los cazadores, luego los animales de cría.
Luego existieron los animales de cría, luego los cazadores.

Existieron los recolectores, luego los agricultores.
Luego existieron los agricultores, luego los recolectores.

Existió el dibujo, luego la pintura, luego la fotografía, luego existieron las imágenes animadas.
Luego existieron las imágenes animadas, luego existió la fotografía, luego la pintura, luego el dibujo.

Existió la electricidad, luego el teléfono, luego la televisión, luego el ordenador, luego existieron *los* ordenadores.

Luego existieron los ordenadores, luego existió el ordenador, luego la televisión, luego el teléfono, luego la electricidad.

Luego también se terminó la electricidad.

Con el despoblamiento, muchas cosas volvieron a ser –simplemente –*como antes.*

LXXIX

Dos mil años antes de Cristo, existieron, según parece, los primeros baños en Egipto.

En el siglo V, aquí mismo, en Atenas, su uso está atestiguado.

Pocos siglos después, los romanos, luego los turcos y los árabes, hicieron de la actividad de lavarse con agua y con vapor casi un arte.

En 1872, el doctor Merry Delabost inventó la ducha en la cárcel de Bonne-Nouvelle.

En la segunda mitad del siglo XX, en Europa, toda construcción comportaba un sistema de llegada y de evacuación de las aguas.

En abril de 2039 se prohibió la instalación de duchas y bañeras en las construcciones nuevas.

El 28 de junio de 2053 se prohibió el uso de las duchas y las bañeras en todos los edificios existentes.

En 2066, cuando nací, según mi hermana, me lavaron con un paño húmedo.

Cuando cumplí los cuatro años, empecé a lavarme yo solo; utilizaba trapos secos.

Hoy me las arreglo con tierra.

LXXX

El hombre, durante milenios, casi no produjo residuos. Luego empezó a producirlos y a tirarlos en la naturaleza.

En 1185, Philippe Auguste prohibió en París que se tirasen las basuras por la ventana.

En 1532, una real ordenanza preveía un sistema mixto: los ciudadanos debían ocuparse de depositar sus residuos en el umbral de su puerta y el rey de transportar los residuos hasta los vertederos.

En 1870, el ingeniero Belgrand mejoró la red de alcantarillado.

Catorce años después, otro Eugène, de apellido Poubelle, prefecto de París, puso su nombre a su invento del cubo de basura.

La ley del 7 de marzo de 1884 obligaba a los ciudadanos franceses a poner todos sus residuos en esos recipientes.

La ley del 13 de julio de 1992 preveía que en 2002 solo los residuos «últimos» debían almacenarse en vertederos controlados.

El 1 de octubre de 2028 se obligó a todos los ciudadanos a que bajaran sus basuras en bolsas transparentes con el fin de que los inspectores pudieran verificar la calidad de la clasificación hogar por hogar.

El 17 de noviembre de 2041 se prohibieron las bolsas de basura.

Siete años más tarde, se prohibieron los residuos.

LXXXI

En los años veinte, nadie ignoraba lo que le hacía personalmente al planeta al conducir un coche.

Los primeros grupos antivehículos comenzaron a destruir las fábricas a principios de los años treinta.

En 2039, cualquier ser humano sentía vergüenza por conducir un coche individual.

No obstante, entre el momento en que se detuvo definitivamente la fabricación de vehículos y el otro en que se consideró su uso como un crimen, transcurrieron trece años.

LXXXII

Todo fue cuestión de tiempo.

Sencillamente, la velocidad a la que el hombre reaccionó frente a las catástrofes que no paraba de provocar no fue lo bastante rápida.

El hombre, durante millones de generaciones, pobló la Tierra en función de la época. Algunos hombres actuaban, otros pensaban; algunas naciones estaban en paz, otras en guerra; algunas regiones se poblaban, otras se despoblaban; pero todos los hombres, sin saberlo, vivían juntos en cierto equilibrio. Luego, al multiplicarse, el hombre empezó a quedarse retrasado con respecto a sí mismo.

Así, multiplicándose, fue como la humanidad aceleró su propio fin.

LXXXIII

A partir de principios del siglo xix, el hombre se multiplicó como nunca se había multiplicado antes. Pero si entendió que su multiplicación no podía sino acelerarse, no comprendió que todo su pensamiento, debido al hecho mismo de la cantidad que pensaba, no podría adaptarse nunca a la velocidad a la que se multiplicaba: la calidad del pensamiento disminuyó al mismo ritmo al que aumentaba su cantidad.

Cada uno pensó *sin los otros*. Los hombres, cada vez más numerosos, empezaron a pensar cada vez más separadamente.

Ideas que, en siglos precedentes, daban lentamente la vuelta al planeta, y después de las cuales los hombres pensaban a favor o en contra pero *según* dichas ideas —el teorema de Pitágoras, la teoría de las Formas inteligibles, la idea de la *polis*, la ley de la atracción universal, la teoría de la relatividad, la gran reconciliación de la poesía y la filosofía—, dejaron de tener importancia: los hombres seguían pensando, pero de forma paralela.

Un hombre formulaba una teoría y, unas décadas más tarde, reformulaba la misma teoría otra persona que ignoraba que otra idéntica había precedido a la suya.

Con el número, la cotización de la experiencia se desplomó definitivamente. Todo se volvió reinicio; inútil reinicio.

LXXXIV

El hombre no aceptó su retraso.
El hombre no aceptó verse superado.

LXXXV

El hombre, si hubiera entendido su retraso, no habría podido cambiar su destino.

El hombre, si hubiera aceptado que estaba superado, que en adelante siempre se vería superado, si hubiera conseguido pensar esto, habría acabado por acabar de la misma manera.

LXXXVI

Muchas teorías fueron inútiles: el marxismo nunca desembocó en el comunismo, el psicoanálisis nunca resolvió el complejo de Edipo, la economía nunca consiguió gestionar la economía, la demografía no impidió ni la superpoblación ni la despoblación, la sociología no sirvió de nada.

No obstante, el hombre ha pensado siempre. Nunca se ha resignado. Esa ha sido su grandeza; ese ha sido su límite.

LXXXVII

Hasta principios del siglo XXI, el hombre creyó que el cuerpo era un aglomerado de células que luchaban contra las bacterias. Luego entendió que no era el caso: que las bacterias y las células formaban juntas un único organismo vivo.

Con respecto a su cuerpo y su mente, el hombre ha tenido siempre una actitud parecida: a lo largo de la historia, o bien el cuerpo era bueno y la mente mala, o al contrario. La tendencia a verlo todo de una manera dialéctica es una enfermedad humana antiquísima. Al hombre le costó mucho llegar a pensar que el cuerpo y la mente eran inseparables.

En cuanto a la naturaleza, sucedió algo muy parecido. El hombre ha mantenido siempre dos actitudes: por un lado, la ha despreciado, la ha arrastrado por el fango, ha hecho todo lo posible para combatirla, dominarla y destruirla; por otro, ha creído que era sagrada, que había que ponerla en un pedestal y adorarla, que había que amarla como si fuera un niño o cuidarla como si se tratara de un enfermo grave.

El hombre no ha sabido pensar que no hay más naturaleza que la que él forma y transforma cada día; y que no hay más hombre que el que la naturaleza, a su vez, forma y transforma.

El hombre, por desgracia, nunca ha acabado de entender que la naturaleza y la humanidad son una sola y misma cosa.

LXXXVIII

En Atenas el cielo también era blanco, pero a veces, detrás de la nube, aunque no pudiera distinguirse ningún color azul, se adivinaba la cruda luz del sol.

En Atenas, unos se ocupaban de encontrar comida, otros la preparaban. Algunos se ocupaban de desinfectar el agua.

Algunos incluso, como si la vida mereciera de nuevo ser vivida, como si la vida no fuera solamente una herida absurda, una serie inútil de sufrimientos, algunos curaban a otros seres humanos para mantenerlos con vida.

En Atenas, que cada uno no se ocupara únicamente de sí mismo parecía casi normal.

LXXXIX

El campamento se había formado en la Acrópolis, alrededor del Partenón. A veces nos reuníamos todos para hacer grandes comidas en el interior del templo.

Junto al Erecteión, un templo más pequeño, donde se erigen unas cariátides drapeadas, hice el amor por primera vez.

Junto al Erecteión, también, se instalaron Alba y Sierra al llegar al campamento.

XC

Alba y Sierra habían nacido y vivido en Nápoles. Eran gemelas, pero cada una tenía un rostro muy especial, distinto del de su hermana y diferente también de todos los que he podido contemplar.

Como yo, habían nacido en una época en la que casi todos los niños que nacían morían poco después.

Como yo, tampoco ellas murieron poco después de nacer.

Cuando murieron, acababan de celebrar su decimoséptimo cumpleaños.

XCI

Alba y Sierra se marcharon de Nápoles como yo me marché de París: tras escuchar la Llamada.

Los tres fuimos de los primeros occidentales en llegar a Atenas. Enseguida fuimos de los más jóvenes habitantes del campamento.

Los padres de Alba y Sierra murieron siendo ellas unas niñas. Crecieron en la calle. Su hermano mayor se llamaba Franco. Tenía siete años más que ellas. Fue él quien las crio.

—Era un hombre —decían—, era un jefe. Y lo respetábamos. Fue Franco quien decidió que había que responder a la llamada y dirigirse a Grecia.

En las montañas, poco antes de llegar a Atenas, se cruzaron con unos hombres que hablaban una lengua extraña: las palabras pronunciadas por la boca se combinaban con sonidos procedentes de los golpes que se daban en distintas partes del cuerpo. A una sílaba le seguía a veces un golpe de la palma de la mano en la mejilla, en el cráneo, en un pie. A veces también, como una especie de puntuación, se golpeaban los codos el uno contra el otro, produciendo un ruido seco: perentorio.

Esos hombres fueron buenos con ellos: les ofrecieron de beber, de comer.

Luego les propusieron un sitio donde acostarse cerca de donde dormían ellos.

Alba y Sierra se despertaron en plena noche al oír unos gritos: los hombres estaban comiéndose a su hermano.

—No lo habían matado. Se lo comían y él seguía moviéndose. Se lo comían y él agitaba los brazos en el aire. Se lo comían y sus ojos giraban en todos los sentidos, buscando un sentido oculto a lo que le sucedía.

—Se lo comían y su boca se abría para gritar, y solo se escapaban chorros de sangre: porque ya se le habían comido la lengua.

—Se lo comían vivo.

—Y seguía vivo.

Alba y Sierra gritaron. Lloraron. Intentaron salvar a su hermano, pero los hombres se lo impidieron.

Las retuvieron, según contaban, con una especie de dulzura: sin dejar nunca de hablarles pausadamente, de explicarles algo en aquella lengua que ellas no podían comprender.

Alba y Sierra, impotentes, vieron cómo devoraban a su hermano, cómo moría lentamente. Vieron cómo su cuerpo realmente desaparecía de la faz de la Tierra.

—Ya no quedaba prácticamente nada de él, y seguía vivo. Esto era lo que contaban ellas.

Más tarde, aquellos hombres se fueron. Dejaron a Alba y a Sierra en aquel mismo lugar. Las dejaron sin una palabra, sin una mirada.

Al final de su relato, Alba dijo:
—Nos dejaron allí, *sin odio*.

XCII

Una de las últimas personas en llegar al campamento fue un hombre alto y sombrío, taciturno.

Como yo, tampoco tenía nombre. Quizá porque era silencioso, quizá porque por su tamaño era, con diferencia, el hombre más alto del campamento, Iorgos lo llamó Dios.

XCIII

Un día, Dios me habló de esos hombres que se comían a otros hombres. Me dijo que, en otros tiempos, esos hombres eran numerosos en las montañas. Me dijo que habían formado hordas. Me dijo que creían, simplemente, que cierta vida, que una incierta vida, se transmitía por la carne.

Dios era mayor. Me contó cómo vivían esas personas. Me dijo que hablaba su lengua hecha de palabras y golpes: que por eso sabía lo que pensaban esas personas.

Me dijo que esos hombres creían en ídolos antiguos; que, en ellos, el amor y el odio no estaban separados; que, en su pensamiento, el bien y el mal existían, pero solo se aplicaban a lo que no era humano.

Me dijo que esos hombres respetaban la Tierra, pero no respetaban al hombre.

Me dijo que esos hombres creían que las piedras, las plantas, el aire, el agua y el polvo podían ser buenos o malos, pero que eran justos, que había que adorarlos porque estaban vivos; y que el hombre debía ser despreciado, porque era un objeto. Me dijo que esos hombres creían que el hombre seguía existiendo, pero que *ya estaba muerto*.

Me dijo: A esos hombres, algunas noches, los vi comerse entre ellos.

Me dijo: Algunos días, a esos hombres los vi arrancar una rosa con una delicadeza extrema. Los vi venerarla días enteros, como a una diosa.

Me dijo: Esos hombres daban a veces de beber y de comer a otros seres vivos, pero a la Tierra le daban de comer y de beber *en cada comida*. No había un día en que no bebieran un trago de agua sin derramar un poco por el suelo. No había una sola vez que no se comieran un humano sin enterrar una parte de su carne fresca en la Madre Tierra.

–Esos hombres –me dijo llorando– seguían creyendo. Seguían creyendo en algo.

Cuando intenté consolarlo, Dios se apartó brutalmente. Y se fue.

No necesitó explicarme lo que yo ya había entendido: que él había tenido esas mismas creencias, que había formado parte de esas hordas, que él también se había comido a seres humanos vivos.

XCIV

Dios murió poco después de hablar conmigo.

XCV

Un siglo antes de que la muerte reinara sobre la Tierra, los hombres se dejaron llevar por creencias curiosas. Pensaron, por ejemplo, que la finalidad del hombre era propagarse, esparcirse.

Cada vez más. Cada vez más individuos, más producción, más consumo.

Se llamaba a eso el «crecimiento». El hombre crecía sobre la Tierra. Su actividad crecía con él.

Cuando se empezó a pensar que había que dejar de crecer, como en el caso de tantas otras cosas, sencillamente fue demasiado tarde.

En una primera época, esas generaciones de antes del despoblamiento hicieron que al crecimiento le sucediera una idea extraña que tomó varios nombres, entre los que estaba el «desarrollo sostenible». Había que seguir creciendo, pero con cuidado.

Luego hubo otras ideas, otros nombres: el «decrecimiento», que el hombre nunca llegó a controlar; la «disminución controlada», que tuvo su momento de gloria; el «declive definitivo», de moda en los años veinte; el «nuevo croacimiento», improvisado homenaje a los cuervos de los sursurrealistas de los años treinta.

XCVI

En esa turbia época, todo el mundo sabía ya que se acercaba el fin de la humanidad, y se soportaba mal la idea de no participar en él.

Durante milenios, los hombres habían querido su propia

muerte, pero la habían querido *a veces*: la habían querido queriendo también, al mismo tiempo, sobrevivir.

Luego hubo las penúltimas generaciones: las de justo antes de la despoblación. Solo ellas, hasta los últimos instantes, hasta el momento en que estuvieron seguras de haber organizado el aniquilamiento, quisieron el fin de la humanidad *conscientemente*: solo ellas no quisieron otra cosa *que* acabar.

Sabían el terrible tormento que esperaba a las generaciones siguientes, e hicieron todo lo posible para que no tuvieran escapatoria.

XCVII

De todas las generaciones, las generaciones nacidas en la segunda mitad del siglo xx han sido las más nefastas.

La desesperación de sentir que serían solo las penúltimas, es decir, que por apenas unas decenas de años se perderían el acontecimiento más importante de la historia de la humanidad —su fin—, hizo que esos hombres no solo prosiguieran con la destrucción del planeta por primer vez con plena conciencia de la muerte a la que condenaban a sus propios hijos, sino también que se dotaran de los dirigentes más estúpidos, de los artistas más pretenciosos, de los pensadores más ignorantes de los últimos milenios.

XCVIII

En la segunda mitad del siglo xx y en las primeras décadas del siglo xxi, la televisión, el cine y la literatura han abundado en ficciones que ponían en escena posibles fines del mundo: se imaginaron ataques extraterrestres, guerras nucleares, el triunfo de las máquinas, de las enfermedades definitivas. Ninguna ficción estuvo a la altura de la sencillez del fin real.

Se imaginaron que el último hombre estaría siempre rodeado de monstruos: de enemigos.

Se imaginaron finales del mundo que no finalizaban nunca. Se imaginaron que el hombre sería su propio fin, pero que el fin no sería *verdaderamente* un fin.

Nunca se imaginaron que no era la Tierra, sino solamente *una* Tierra, la que debía terminar con esa humanidad. Nunca se imaginaron que no era el mundo, sino solamente *un* mundo, el que debía acabar con nosotros.

XCIX

En un momento dado de principios del siglo XXI se vio claro esto: quienes se situaban fuera del sistema (los marginales, los jóvenes, los extranjeros) no eran solamente los únicos que aún tenían la capacidad intelectual de oponerse; eran los únicos que, de manera general, aún tenían la capacidad de *pensar*.

Nadie en el sistema, evidentemente, pensó en sacar conclusiones de esta constatación.

C

La Tierra era todavía visible con siete, ocho y hasta nueve mil millones de seres humanos. La humanidad formaba grupos. Vivían en ciudades, en países. Sabían quiénes eran sus amigos, sus enemigos.

Tenían familias.

Por insensata que fuera su vida, le daban un sentido.

A partir de cierto número, los hombres ya no tuvieron nada: ni familia, ni ciudad, ni país, ni amigos, ni enemigos.

CI

Paradójicamente, los hombres estuvieron más unidos cuando se ignoraban los unos a los otros.

Antes de que Occidente supiera que China existía, los occidentales y los chinos habían estado más próximos: Sócrates y Confucio fueron más contemporáneos que Mao y Richard Nixon.

Al multiplicarse, los hombres no se dieron cuenta de que ya no podían formar una entidad, ni siquiera la conocida como humanidad.

CII

No fueron ni la guerra, ni el hambre, ni los monstruos los que empezaron a destruir la humanidad: fue el número.

Sin entender por qué, el ser humano dejó de interesarse por la producción cultural en su totalidad: ¿para qué distinguir un pensamiento nuevo, un arte nuevo, si no pueden llegar más que a un número tan infinitesimal de la población global del planeta que no tendrán ya la menor influencia sobre la Historia?

Sin entender por qué, los hombres dejaron de dar importancia a lo único que los diferenciaba realmente de los demás animales; a lo que, de hecho, los constituía.

No dejaron de escribir, de pintar, de cantar: dejaron de pensar que lo que escribían, lo que pintaban, que lo que cantaban debía tener un sentido —aunque fuera un sentido que ellos mismos ignoraran.

En cierto momento, aparte de algunos excluidos, empezaron a repetir solamente formas antiguas: obsoletas, caducadas.

El hombre siguió pensando, pero la finalidad de lo que pensaba ya no tenía nada que ver con el pensamiento. El hombre siguió pintando, pero la finalidad de lo que pintaba ya no tenía nada que ver con la pintura. El hombre siguió escribiendo, pero lo que escribía ya no tenía nada que ver con la literatura.

El hombre siguió cantando, pero la música había dejado de existir.

CIII

La cantidad lo destruyó todo.

Cuando la Tierra estaba poblada, el griego podía despreciar al bárbaro, el chino repudiar al extranjero, el europeo odiar al judío: todos los hombres amaban o detestaban.

Cuando la Tierra estuvo superpoblada, solo reinó la indiferencia: indiferencia similar entre todos los hombres.

De todas las enfermedades, la que más daño hizo a la humanidad fue esa: la indiferencia.

CIV

La cantidad lo destruyó todo.

Cuando la Tierra estaba poblada, había hombres. Cuando la Tierra estuvo superpoblada, solo quedó la idea vacía de «humanidad».

Y luego la Tierra quedó despoblada.

CV

—«Es hermoso que le sea al hombre tan difícil convencerse de la muerte de lo que ama, y sin duda nadie ha ido a la tumba de su amigo si la débil esperanza de encontrarse allí con el amigo vivo».

—¿Qué piensas tú de eso, Belarmino?

CVI

La segunda crisis de locura de Zyberski marcó el principio de un periodo de calma y de paz: después de que matara a 21 mujeres y 13 hombres, después de matarse él mismo, durante un mes entero, nadie se fue a la sombra fría.

Su gesto parecía haber contentado a la muerte para siempre.

Del 1 de mayo al 1 de junio de 2086, ningún hombre, ninguna mujer murió en el campamento ni en toda la superficie de la Tierra.

Ese mes de vida fue para mí como toda una vida: aprendí más durante esos treinta días en compañía de aquellos cinco seres que en los veinte años precedentes, es decir, en toda mi existencia.

Aprendí más de sus historias, de sus cuerpos, de cada una de sus palabras, de cada uno de sus silencios, que de todo lo que había vivido antes, puesto que, incluso desde mi llegada al campamento, nunca había escapado por completo al miedo.

CVII

Así que, en Atenas, desde el principio habíamos vivido de nuevo juntos. Era posible un encuentro con cada ser humano. Un encuentro del que nadie podía predecir, como de todo verdadero encuentro, lo que podría surgir.

Teníamos pocas necesidades.

Cada tierra da lo suficiente a quienes saben habitarla. Fueron solo algunos hombres los que inventaron la carencia. Basta con ver cómo vivieron otros en las regiones más áridas, más miserables, para convencerse de que toda vida, en todas partes, es posible *sin miseria*.

CVIII

¿Qué aprendimos todos en Atenas? Que Atenas habría sido siempre posible, en todas partes. Que habríamos podido vivir así en cada momento de nuestra vida, en cada momento de la Historia.

¿Qué aprendimos todos en Atenas? Que Atenas, suceda lo que suceda, es siempre posible.

CIX

Iorgos fue mi amigo.

Compartimos nuestros sueños, fuimos el mundo. Nos hablamos días y noches enteros. Nos contamos nuestros deseos y nuestros miedos. Compartimos lo que más nos hacía gozar, y lo que más nos hacía sufrir.

Hablamos de todo, de lo que sabíamos, de lo que ignorábamos; de lo que podíamos compartir, de lo que creíamos único, imposible de compartir.

Lloramos y reímos y cantamos juntos.

Como adultos, constatamos nuestras similitudes y nuestras diferencias: a veces nos miramos a los ojos mucho tiempo, en silencio.
Como niños, jugamos y reñimos: fuimos, iguales y distintos, un solo ser humano; o, quizá, esa forma perdida de humanidad.

A veces estábamos sumidos en el pasado, a veces solo existía el presente. Disfrutamos tanto compartiendo una comida como compartiendo recuerdos que creíamos, ambos, inservibles para siempre, desaparecidos para siempre.

Me encantó hablar de París. Me alivió hablar de la muerte de mi hermana.

Me contó su vida en Creta. Me contó la vida de su mujer, la muerte de sus hijos.
Me contó hasta qué punto, solo en esa barca en medio del mar, él también deseó morir.

CX

Haber sido cobraba de nuevo un sentido.

Nuestras vidas, durante un mes, fueron completas: el tiempo bruto, sin pasado ni futuro, el que solo está hecho de miedo, apenas existía.

CXI

Fui el amigo de Iorgos.
Y fui el amante de Alba y de Sierra.
Hice el amor con una, hice el amor con la otra.

Fueron mis mujeres. Fueron mis amantes. Me traicionaron. Vinieron de nuevo a mí. Fueron mis amigas. Fueron mis hermanas. Fueron mi madre.
Fueron, cada una en su momento, la abuela del Diablo.

Las amé de forma absoluta. Las amé a la vez como se ama lo que nos pertenece y como se ama lo que siempre se nos escapará: las amé como si fueran mías, como si fueran yo mismo; y las amé como si fueran solo una, la misma y otra, iguales y únicas, doblemente familiares, doblemente extrañas.

Las amé, y murieron una dulce noche de primavera en que se levantó una suave brisa.

CXII

La muerte de Iorgos, pocos días después, no nos sorprendió.

Como solo quedábamos tres, permanecimos sentados observando cómo se sucedían el día y la noche sin pronunciar ni una palabra.

Apenas nos miramos entre nosotros: nuestros ojos huían de nuestros ojos.

No recuerdo que, durante esos días, comiéramos o durmiéramos.

CXIII

La muerte de Iorgos no nos sorprendió: murió en pleno día mientras la nube, muy clara, dejaba filtrar una luz galvanizada. Tosió, levantó la vista hacia mí, apretó los puños, abrió la boca. Tendió un brazo, su mano tomó la mano de William, y su cuerpo cayó derrumbado al suelo.

La muerte de Iorgos no nos sorprendió: después de la muerte de Alba y de Sierra, nos pareció normal que la muerte retomara su lenta y lúgubre rutina.

CXIV

Con la muerte, también la vida reemprendió su curso: William y yo nos levantamos, nos llevamos el cuerpo sin vida de Iorgos y lo incineramos.

CXV

Luego, con esos gestos lentos, esos gestos suyos tan lentos que parecían interminables, William Shakespeare preparó la comida.

Luego dormimos.

Luego me leyó su libro.

—«La orgullosa Roma no nos asustaba con su poderío; Atenas no nos sobornaba con su florecimiento juvenil».

Luego hablamos.

Luego volvimos a dormirnos.

No sé por qué –quizá porque a su lado me convertía en el niño que nunca fui, quizá porque se le veía feliz de que fuéramos nosotros dos los que hubiéramos quedado–, pero me pareció que algo dulce empezaba en ese momento.

CXVI

Vivimos así durante largos días.

—«Perdido en el inmenso azul, levanto a menudo los ojos al Éter y los inclino hacia el sagrado mar, y es como si un espíritu familiar me abriera los brazos, como si se disolviera el dolor de la soledad en la vida de la divinidad. Ser uno con todo, esa es la vida de la divinidad, ese es el cielo del hombre. Ser uno con todo lo viviente, volver, en un feliz olvido de sí mismo, al todo de la naturaleza, esta es la cima de los pensamientos y alegrías, esta es la sagrada cumbre de la montaña, el lugar del reposo eterno donde el mediodía pierde su calor sofocante y el trueno su voz, y el hirviente mar se asemeja a los trigales ondulantes. ¡Ser uno con todo lo viviente! Con esta consigna, la virtud abandona su airada armadura y el espíritu del hombre su cetro, y todos los pensamientos desaparecen ante la imagen del mundo eternamente uno, como las reglas del artista esforzado ante su Urania, y el férreo destino abdica de su soberanía, y la muerte desaparece de la alianza de los seres...».

A veces dejaba de leer, y me decía:

—¿Lo oyes, Belarmino? ¿Lo oyes?

Y luego retomaba la lectura:

—«... el férreo destino abdica de su soberanía, y la muerte desaparece de la alianza de los seres, y lo imposible de la separación y la juventud eterna dan felicidad y embellecen al mundo».

CXVII

—Si al menos hubiéramos comprendido que la guerra era permanente, que no hay paz que esperar, que el movimiento es lo único que importa, que la vida solo existe en un vaivén constante... El gran error de los hombres —me dijo una noche con la mano sobre su libro cerrado— ha sido creer que la Naturaleza y la humanidad eran dos cosas distintas.

CXVIII

Luego, una mañana, cuando me desperté, William Shakespeare no estaba a mi lado. Lo busqué y lo encontré sin dificultad: se había retirado al Erecteión.

De pie entre las cariátides, miraba a los lejos.

Me acerqué. Me miró pero no me habló: me miró durante un tiempo sin tiempo, como todos los tiempos silenciosos.

Luego, sin romper el silencio, se volvió de nuevo hacia el horizonte.

Me fui. Lo dejé con sus ensoñaciones.

Volví unas horas más tarde.

No se había movido.

Seguía mirando al horizonte, perdido en la lejanía del espacio, o del tiempo.

CXIX

Solo consintió en hablarme a primera hora de la tarde. Me dijo que antes de morir había querido recordar. Le pregunté qué había recordado.

Me dijo que había recordado a su amor más grande, una mujer con la que tuvo dos hijos. Me dijo que había recordado a esos dos primeros hijos, a quienes había amado más que a sí mismo. Me dijo que había recordado a otros hijos que había tenido con una mujer italiana con quien había cumplido el sueño de vivir en Roma. Me dijo que había recordado a otra mujer, a quien apenas había amado, que, a su vez, apenas si lo había abandonado. Me dijo que había recordado su vida en Uruguay, en Londres, en Praga, en Estambul, en Ámsterdam. Me dijo que había recordado su vida de griego antiguo en la isla desolada de Patmos.

Me dijo que le bastó con una larga mañana para recordar toda su vida: a las cuatro mujeres a las que había amado, a cada uno de sus hijos, a cada uno de sus amigos.

Me dijo que había recordado cada libro leído, cada cuadro contemplado, ese proyecto insensato de sus tiempos jóvenes: escribir un libro que fuera el último libro.

Volvió a sonreír. Me dijo que, como otros, él había soñado escribir un libro tan grande y tan único y tan último que nunca lo había terminado.

Me dijo que había recordado su llegada a Atenas. Me dijo que había recordado a Iorgos. Me dijo que había recordado a Alba y a Sierra.

De repente su sonrisa se congeló y se me quedó mirando fijamente.

—El único al que no he necesitado recordar has sido tú: tú que estás vivo, tú que sigues aquí, a mi lado. Esto fue lo que me dijo.

Siguió mirándome. Me miró un buen rato y luego, sin una palabra, me tendió la mano para que lo ayudara a caminar hasta el templo.

CXX

Nos sentamos en el suelo de mármol, a la sombra de las columnas.

William Shakespeare, de nuevo silencioso, miraba el paisaje lejano saturado de luz, con ese vapor brumoso que en verano suele cubrirlo todo.

A veces tosía. Yo no me atrevía a decir nada: los dos sabíamos qué presagiaba esa tos.

Y luego, de repente, vi cómo se iluminaba la mirada de William Shakespeare. Sus ojos brillaron como brillaban en otro tiempo, antes de la muerte de nuestros tres últimos compañeros. No me miró. Con los ojos clavados en el paisaje brumoso, estaba lejos, muy lejos, sumido en sus pensamientos.

Tensó los labios. Entrecerró los ojos. Se quedó mucho rato así: con una enorme sonrisa en la cara.

Miraba intensamente algo muy distante: algo que yo no podía ver.

Su sonrisa se hizo aún más amplia y, de repente, William Shakespeare se echó a reír.

Se rio como nunca lo había visto reírse. Se rio sin preocuparse del mundo, es decir, sin preocuparse de mí.

Se rio a carcajadas.

El sonido de su risa inundaba el Partenón.

Yo lo miraba fijamente.

Me sentía inquieto: había visto a otros hombres reírse así antes de perder la razón definitivamente.

Pero, en medio de esa risa inmensa, William Shakespeare se dio cuenta de mi inquietud: su risa volvió a ser la poderosa sonrisa de antes.

Con su voz que la edad había vuelto grave, fragmentada, me explicó la razón de su alegría: acababa de recordar algo que su padre le había dicho unos cien años antes, cuando él era un adolescente.

Su sonrisa, esa sonrisa que había desaparecido al hablar, volvió a dibujarse en su cara. Su sonrisa era contagiosa. Sin saber qué lo había divertido tanto, yo también sonreí.

William Shakespeare me miró otra vez, y se echo a reír de nuevo.

Sin conocer la razón de su alegría, reí con él. William Shakespeare se reía. Y yo me reía también.

Nos miramos; y nos echamos a reír, y estuvimos riéndonos juntos durante un rato largo.

Luego, bruscamente, William Shakespeare volvió a toser:
reía y tosía a la vez
Me levanté y me acerqué a él.
Le costaba respirar.
Intenté ayudarlo.

Con un sencillo gesto de la mano, me pidió que lo dejara,
que lo dejara seguir riendo.

Me senté y me quedé mirándolo.
Volvía a reírse a carcajadas. Reía de nuevo solo, lejos de mí.

En un momento determinado, riendo, tosiendo, me dijo:
–Está bien... está bien que seas tú, Belarmino... Está bien
que seas tú quien quede... Escribe... escribe...

William Shakespeare se rio otra vez.
William Shakespeare tosió otra vez.

Y luego William Shakespeare murió.

CXXI

Sí. Por muy risible que pueda parecer, el penúltimo hombre
de la historia de la humanidad se murió de risa.

Se murió de risa sin que se supiera de qué se reía.

CXXII

Miré el cuerpo de William.
Me levanté.
Tomé en mis brazos el cuerpo de William.

Llevé el cuerpo de William fuera del templo.
Notaba el peso de su vida.
Estaba muerto, pero notaba el peso de su vida: de su larga
vida múltiple.

Llevaba el cuerpo a cuestas, y sentía el peso de su vida, y,
bruscamente, cuando sus músculos se relajaron, cuando su
último aliento franqueó la barrera de sus dientes, noté cómo
se añadía el peso de su muerte: de repente el cuerpo pesó el
doble.

Nada abandona el cuerpo en el momento de la muerte.
Algo pesado penetra en él, y se encava con firmeza.

CXXIII

Llevé el cuerpo de William junto a un árbol.
No sentí la necesidad de incinerarlo.
No sentí la necesidad de incinerarlo como hacíamos siempre en el campamento; como hacíamos siempre porque teníamos que seguir viviendo.

Coloqué el cuerpo de William junto al árbol y me senté a
su lado.

CXXIV

Hacía mucho calor. Estaba agotado. El pesado día estival no
parecía querer terminarse nunca.

Sentado a la sombra del árbol, cerré los ojos y me quedé
dormido.

CXXV

Me desperté al oír unos pasos. Abrí los ojos y vi a una chica.

Avanzaba hacia mí con los ojos cerrados.

Debía de tener unos trece o catorce años.

Vino hasta mí. Me miró. Luego se sentó a mi lado.

Me tomó la mano. La puso sobre su pecho. Acercó sus labios a mis labios. Me besó.

Su cuerpo era igual que el de aquella chica extranjera con la que había hecho el amor por primera vez.

Hicimos el amor.

Nacieron nuestros hijos.

Hicieron el amor.

Nacieron otros hijos.

El cuerpo de William seguía reposando a nuestro lado. Intacto. Sonriente.

Seguíamos junto al mismo árbol, rodeados de nuestros hijos, de los hijos de nuestros hijos, y de los hijos de los hijos de nuestros hijos.

Seguíamos junto al mismo árbol.
Y seguíamos haciendo el amor.

Y otros hijos nacían y nacían.

Y nacían.

CXXVI

Me despertó una luz muy fuerte. Había dormido apenas una hora, quizá menos.

Levanté la vista. La nube empezaba a abrirse del todo: casi dos nubes separadas ocupaban ahora el cielo. En medio, un trazo ancho de un azul muy claro dividía el universo en dos. Hacía años que no soñaba.

Miré el cuerpo de William.
Miré el vacío inmenso que me rodeaba.
Miré de nuevo el cielo.
Miré el silencio profundo de mi soledad.

Y tuve miedo.

Tuve miedo de mi sueño. Tuve miedo de volver a soñar.

CXXVII

Me quedé sentado mucho tiempo más junto a mi amigo muerto.

Pensé en llevarme el cuerpo.
Mientras tanto.

Pensé en quedarme tumbado a su lado.

Mientras tanto.

Pensé en incinerarlo.

Mientras tanto, pensé.

CXXVIII

No hice nada el resto de la tarde.

Sentado en el suelo, contemplé el cuerpo de William Shakespeare junto a su árbol al declinar el día.

CXXIX

«Acabar lejos de todo. Irme despacio. Errar como una sombra sin cuerpo. No ser más que un recuerdo sin memoria, un pensamiento sin amor. La Tierra es toda mía, y yo, por fin solo, sin ninguna morada que se fije en mi dolor, ya no soy nada».

Al declinar el día, mis pensamientos se hacían sombríos.

CXXX

Pasaron una hora, dos horas más.

La nube había vuelto a cerrarse: cubría de nuevo el cielo entero.

CXXXI

La noche empezaba a caer cuando, por fin, me levanté.

Me acerqué al cuerpo de William Shakespeare, a su cuerpo lleno de muerte, desbordado de muerte por todas partes.

Miré una vez más el cuerpo sin vida de mi amigo.

Miré una vez más sus manos inmóviles.

Miré una vez más su rostro sereno, al que aún no había abandonado la última sonrisa.

CXXXII

Luego, sin saber exactamente con qué propósito, volví al templo.

Encontré su libro y sus dos cuadernos en el suelo, cerca de donde había muerto.

Tomé los dos cuadernos, tomé el libro, y me senté para hojearlos.

De los dos cuadernos, uno estaba virgen: en sus páginas no había escrita ni una sola palabra.

El otro estaba cubierto de la primera página a la última por una escritura minúscula. Hasta el más pequeño fragmento de cada una de sus páginas desbordaba de líneas, apretadas unas contra otras. Las tachaduras innumerables, las innumerables correcciones, las líneas añadidas entre líneas, y entre las líneas entre líneas, hacían que algunas páginas, a primera vista, parecieran totalmente negras.

Había cientos de miles de palabras.

En un primer momento, todo parecía absolutamente ilegible. Pero al mirar de cerca se veía que cada letra de esa escritura minúscula estaba trazada con sumo esmero, y que era posible leer cada una de las palabras, aunque estaba claro que una vida entera no bastaría para leer *todas* las palabras.

Cada cuaderno comprendía unos cientos de páginas, y las páginas no estaban numeradas.

En el cuaderno escrito era inútil, tras dejar de leer en una página precisa, intentar encontrar la página donde había quedado interrumpida la lectura.

Ese cuaderno era igual que el libro de arena de innumerables páginas del que me habló William un día: era a la vez un hilo continuo, tendido hacia la eternidad, y un laberinto donde siempre sería inútil intentar encontrar el camino para volver atrás.

En cuanto se abría y se leían unas palabras, se tenía la impresión de que el cuaderno tenía un fin que nunca se alcanzaría y un origen al que era imposible retornar.

Sin duda, esos dos cuadernos juntos constituían el libro tan único y tan último que William nunca terminó.

CXXXIII

Lo supieron los arduos alumnos de Pitágoras:
los astros y los hombres vuelven cíclicamente;
los átomos fatales repetirán la urgente
Afrodita de oro, los tebanos, las ágoras.

En edades futuras oprimirá el centauro
con el casco solípedo el pecho del lapita;

cuando Roma sea polvo, gemirá en la infinita
noche de su palacio fétido el minotauro.

Volverá toda noche de insomnio: minuciosa.
La mano que esto escribe renacerá del mismo
vientre. Férreos ejércitos construirán el abismo.
(David Hume de Edimburgo dijo la misma cosa.)

No sé si volveremos en un ciclo segundo
como vuelven las cifras de una fracción periódica;
pero sé que una oscura rotación pitagórica
noche a noche me deja en un lugar del mundo

que es de los arrabales. Una esquina remota
que puede ser del Norte, del Sur o del Oeste,
pero que tiene siempre una tapia celeste,
una higuera sombría y una vereda rota.

Ahí está Buenos Aires. El tiempo que a los hombres
trae el amor o el oro, a mí apenas me deja
esta rosa apagada, esta vana madeja
de calles que repiten los pretéritos nombres

de mi sangre: Laprida, Cabrera, Soler, Suárez...
Nombres en que retumban (ya secretas) las dianas,
las repúblicas, los caballos y las mañanas,
las felices victorias, las muertes militares.

Las plazas agravadas por la noche sin dueño
son los patios profundos de un árido palacio
y las calles unánimes que engendran el espacio
son corredores de vago miedo y de sueño.

Vuelve la noche cóncava que descifró Anaxágoras;
vuelve a mi carne humana la eternidad constante

y el recuerdo ¿el proyecto? de un poema incesante:
«Lo supieron los arduos alumnos de Pitágoras...».

CXXXIV

Hice fuego. A veces, un solo gesto basta para saber que seguimos vivos.

Junto al fuego, seguí leyendo el cuaderno de William. Leí unas cuantas palabras en medio de una infinidad de palabras.

A veces poemas como este alegraban la prosa.

CXXXV

Leí buena parte de la noche.

Luego, en un incierto momento, con los ojos cansados levantados hacia la lumbre, mientras contemplaba el inagotable espectáculo de la danza ardiente de las llamas sin poder desviar la vista, recordé las últimas palabras de mi amigo: «Escribe, escribe».

Entonces tomé el bolígrafo. Entonces tomé el cuaderno virgen.

Y, a mi vez, escribí.

CXXXVI

William Shakespeare ha muerto hoy.
La humanidad ha vivido.
Ahora me he quedado solo.

CXXXVII

He escrito durante mucho tiempo. He escrito esto.

He escrito sobre el pasado, he escrito sobre el presente: he escrito sin saber por qué escribía.

He escrito todo esto, no para dejar un testimonio —con los míos cerrados por la muerte, no habrá ningunos ojos dotados de palabra que puedan recorrer estas palabras—, sino para aliviar el silencio de mis últimos días.

CXXXVIII

Soy el último hombre. No me ha salvado ningún azar extraordinario, ninguna facultad especial, ningún mérito singular: poco a poco he ido viendo morir a todos los que vivían.

No he perdido a mis hijos, a mis hermanos, a mis padres: he perdido a la humanidad.

CXXXIX

Escribí buena parte de la noche.
Luego me quedé dormido.

CXL

Me despertó de nuevo una luz muy fuerte, una luz aún más fuerte: el cielo se había despejado por completo.

Nunca había visto el cielo sin nube.

El sol resplandeciente no era el círculo amarillo que me habían descrito; pero el cielo entero era aún más azul de lo que nunca hubiera imaginado.

CXLI

Atraído, imantado por esa luz nueva, tomé el libro y los dos cuadernos y salí del templo.

Mis ojos apenas se posaron sobre el cuerpo de mi amigo: descansaba apaciblemente contra su árbol.

CXLII

Caminé.

Caminé durante toda la mañana. Caminé por una larga avenida desierta. A cada lado, las ruinas de los edificios bordeaban la calzada enterrada bajo las cenizas y la arena.

Una brisa ligera levantaba a veces el polvo de mis pasos silenciosos.

CXLIII

Después de unas horas de marcha, sentí la necesidad de abandonar la avenida y sus ruinas, de apartarme de esas huellas de humanidad que los hombres habían dejado tras de sí: me alejé de esa carretera y subí a una primera colina.

Subí y bajé otras colinas áridas, ácidas: calcinadas.

Avancé en dirección al mar, que a los lejos, detrás de las colinas, aparecía y desaparecía.

CXLIV

«Como el canto del ruiseñor, entre las sombras, es en medio de los más profundos sufrimientos donde suena divinamente a nuestros oídos la canción de vida del mundo. Vivo ahora con los árboles en flor como en una compañía de genios, y los arroyos límpidos que corren a sus pies se llevan en su murmullo, como voces divinas, las penas de mi corazón. ¡Y siento esto en todas partes, querido Belarmino! Cuando descanso en la hierba donde una vida frágil verdea a mi alrededor, cuando subo la colina tibia donde la rosa silvestre crece en la cuneta del camino pedregoso, cuando me detengo solitario por encima de las llanuras, llorando amorosas lágrimas al contemplar las orillas y las aguas centelleantes, incapaz durante horas de apartar la vista».

CXLV

Cuando, agotado, dejaba de andar, abría el libro o el cuaderno y leía.

Leía unas cuantas palabras en medio de una infinidad de palabras.

CXLVI

Seguí caminando.
Mis pasos me llevaban hacia la costa lejana.

Caminaba en medio de esa luz nueva.
Caminaba y leía.

Ruinas y colinas se sucedían bajo mi mirada única.

CXLVII

El cielo seguía despejado.

Caminaba interminablemente bajo el sol nuevo: mis ojos no se cansaban de contemplar mi sombra deslizándose juguetona entre las rocas.

Caminaba y me aproximaba al mar.

CXLVIII

Al subir hacia la cima de una colina, vi algo que no había visto nunca: un tallo joven del que brotaban hojas, hojas de un color verde desconocido para mí.

CXLIX

Seguí mi ruta.
Caminaba cada vez más de prisa. Casi tenía ganas de correr.

Al avanzar en dirección al mar vi tierras que, olvidadas desde hacía mucho tiempo, renacían lentamente.

Caminaba, y corría, y miraba el mundo con una mirada diferente.

Estaba solo.

Estaba tan solo.
De todos los hombres, jamás ningún hombre había estado tan solo.

De repente, poseído por una especie de locura, grité mi soledad mientras seguía corriendo.

CL

Luego seguí caminando. Caminé hasta el final de la tarde. Al llegar a lo alto de una última colina, extenuado, me senté.

El sol ya no era esa luz resplandeciente que me había cegado al despertarme: como un inmenso fruto rojo envuelto en unos vapores amarillos y ocres, descendía majestuoso hacia el mar y se convertía en miles de estrellas que sonreían sobre la ensombrecida superficie del agua.

Por el otro lado, la luna se alzó en el cielo para compartir un último instante la alegría del día.

Mis ojos recorrían el paisaje con un fervor nuevo.
El sol tocaba el mar y moría lentamente. Lentamente.

Jugaba con él: moría, y al morir apagaba el azul del agua, y encendía el del cielo.
Se diría que moría matando a la una, dando vida al otro.

Parecía impensable que de la unión del sol y el mar no naciera algún ser grandioso, dulce, magnífico.

CLI

Desde lo alto de la colina, me quedé mucho tiempo mirando el mar.

Era más extenso que nunca.

En la bruma de la noche, unas islas múltiples, como pétalos marchitos arrancados por un niño a una rosa y esparcidos distraídamente por el suelo, se extendían a mis pies.

Se diría un pequeño sendero de guijarros.

Se diría que el mar me invitaba a convertirme en gigante y a cruzarlo como quien cruza un río: saltando de piedra en piedra.

CLII

¿Había sido necesaria tanta destrucción para poder conmoverme ante tal espectáculo?, ¿para recuperar, como último ser humano, la sensación de una belleza tan sencilla y profunda?

«Mis palabras no serán nunca lo bastante justas para expresar la belleza del mar en esta noche de verano».

Esto fue lo que pensé al morir el día.

CLIII

«Hay un olvido de toda existencia, un callar de nuestro ser, que es como si lo hubiéramos encontrado todo. Hay un callar, un olvido de toda existencia en que es como si hubiéramos perdido todo, una noche de nuestra alma en que no nos alumbra el centelleo de ningún astro, ni tan siquiera un tizón de leña seca. Me fui tranquilizando. Ya nada me despertaba a medianoche. Ya no me consumía en mi propia llama. Tranquilo y solitario, miraba ante mí, sin volver la vista ni al pasado ni al futuro. Las cosas, lejanas o próximas, ya no penetraban en mi espíritu...

»Daba a cada cosa fielmente su nombre, como un eco. Como un río de orillas áridas, en cuyas aguas no se refleja ni una sola hoja de sauce, corría ante mí el mundo desprovisto de toda belleza.

»Me dejo llevar, despreocupándome de todo, sin pedir nada, sin pensar en nada...».

CLIV

El día se levantó de nuevo.

Seguí leyendo.
Seguí escribiendo.

No tenía necesidad de acercarme a la costa, de puro hermoso que estaba el mar.

CLV

Solo a mediodía el calor me empujó a bajar de la colina en dirección a la costa.

Al llegar a la playa, avancé hacia el mar y el mar se alejó de mí.
Luego volvió, y fui yo quien retrocedió.

Una vez, dos veces. Tres veces. El mar se alejaba de mí porque yo intentaba acercarme a él, me alejaba de él porque se empeñaba en acercarse a mí. Como niños despreocupados, jugamos juntos bajo el sol del verano.

CLVI

Solo había visto el mar una vez: mi hermana me dijo que justo antes de morir nuestra madre nos había llevado a orillas del océano.

Al ver el mar otra vez, al verlo tan hermoso, al verlo tan nuevo, me invadió un sentimiento de incertidumbre: me pregunté si de niño lo vi de verdad, si lo olvidé, si, desde hacía mucho tiempo ya, solo me acordaba de ese recuerdo porque mi hermana me decía que lo habíamos visto juntos; o, más sencillo aún, si lo que sucede es que se ve el mar, cada vez, como si fuera por primera vez.

CLVII

Como el día declinaba de nuevo, y la suave brisa a orillas del agua invitaba al reposo, me senté en los guijarros.

Miraba el mar, y era feliz.

Era feliz, y estaba agotado.
Y empecé a toser.

Busqué una última vez el cuaderno. Lo abrí.

«Los humanos son como las hojas…».

No leí más.
Abrí el otro cuaderno, y dudé si escribir o no.

Miré una última vez el mar.

«Soy el último hombre. Pero qué importa. Qué importa que muera y que la humanidad entera muera conmigo si este hermoso atardecer sigue existiendo en la Tierra».

Esto es lo que pensé al ver cómo moría el sol en el horizonte.

CLVIII

Me acosté.

Una suave noche de verano acababa de cubrir el mundo con su suave manto de sombra.

Tosía, pero me había sentido tan feliz durante el día que intenté dormirme tranquilo, convencido de que no tenía ninguna razón para seguir viviendo más allá de esa noche.

CLIX

Sí, hasta aquí he llegado.
Voy a cerrar los ojos.
Cierro los ojos.
Silencio. Vaivén de las olas. Nada más.

«Siento una enorme alegría al pensar que mi muerte no tiene ninguna importancia».

CLX

Tumbado sobre los guijarros, con los ojos cerrados, me sorprende un ruido seco, interrumpiendo el irregular y monótono de las olas.

Abro los ojos, apenas tengo fuerzas para moverme.

Pienso en la chica con la que soñé, en esa chica que me ayudó a repoblar el mundo.

La busco con la mirada, pero no hay nada a mi alrededor: nada más que la luna, alta en el cielo, y la quietud de mi soledad.

Toso, sonrío, y cierro los ojos.

Estoy tan feliz de que todo haya terminado...

Pero con los ojos cerrados, una vez más, me sorprende el mismo ruido: como un paso seco, nervioso.

¿Oigo ese ruido en sueños? ¿En sueños abro los ojos y los dirijo hacia él?

¿En sueños veo salir de la sombra el cuerpo medio humano de un centauro?

En la playa iluminada por la luna, el centauro cabalga hasta mí.

Luego se detiene y me mira, desconfiado y magnífico.

Me levanto con dificultad. Con dificultad le tiendo la mano.

Me mira sin entenderme: se encabrita, grandioso, y se marcha al galope.

Lo supieron los arduos alumnos de Pitágoras:
los astros y los hombres vuelven cíclicamente...

CLXI

Miro el galope límpido del centauro al alejarse.

¿Habrá pensado al verme que solo era la mitad de su ser? ¿Se habrá dicho que sus pasos eran cortos y mis andares torpes?, ¿«que mis ojos parecían medir el espacio con tristeza»?

Al irse, sus pezuñas juegan con las olas que mueren ante él, salpicando la noche de espuma de luna.

CLXII

«Como riñas entre amantes son las disonancias del mundo. En la disputa está latente la reconciliación, y todo lo que se separa vuelve a encontrarse.

»Las arterias se dividen, pero vuelven al corazón, y todo es una única, eterna y ardiente vida».

CLXIII

Una vez que se va el centauro, de nuevo solo en medio de la noche, me dejo caer al suelo.

Sonrío. Y toso de nuevo.

Sí. Todo volverá a empezar, tras los centauros vendrán los griegos. Tras los griegos vendrán los romanos. Tras los dioses vendrá aquel Dios único, que era uno y trino a la vez.

CLXIV

Tumbado en la playa, con un cuerpo que la vida abandona, cierro los ojos por última vez.

CLXV

Sí. El mundo es magnífico.
Sí. El universo entero es un himno a la alegría.

Sí: *no hemos sido más que eso.*